la italiana

Catherine George

Bianca®

HARLEQUIN®

Editado por HARLEQUIN IBÉRICA, S.A.
Hermosilla, 21
28001 Madrid

I.S.B.N.: 978-84-671-4582-3
Depósito legal: B-53199-2006
Editor responsable: Luis Pugni
Composición: M.T. Color & Diseño, S.L.
C/. Colquide, 6 - portal 2-3º H, 28230 Las Rozas (Madrid)
Fotomecánica: PREIMPRESIÓN 2000
C/. Algorta, 33. 28019 Madrid
Impresión y encuadernación: LITOGRAFÍA ROSÉS, S.A.
C/. Energía, 11. 08850 Gavá (Barcelona)
Fecha impresion para Argentina: 6.8.07
Distribuidor exclusivo para España: LOGISTA
Distribuidor para México: CODIPLYRSA
Distribuidores para Argentina: interior, BERTRAN, S.A.C. Vélez
Sársfield, 1950. Cap. Fed./ Buenos Aires y Gran Buenos Aires,
VACCARO SÁNCHEZ y Cía, S.A.
Distribuidor para Chile: DISTRIBUIDORA ALFA, S.A.

Capítulo 1

DESPUÉS de haber recorrido las primeras etapas del viaje en barco y en tren, era todo un alivio poder tomar la carretera los últimos kilómetros antes de llegar a su destino. Abby comprobó el mapa y se tomó un minuto para familiarizarse con el coche de alquiler después de elegir una ruta que discurría por el soleado paisaje de postal de la región de Umbría.

Pero al cabo de unos kilómetros, la situación empezó a complicarse. La carretera era cada vez más estrecha, y la pendiente cada vez más pronunciada, con curvas de ciento ochenta grados, que cada vez se cerraban más. Abby se aferraba al volante, rezando para no encontrarse con ningún coche de frente, y los ojos demasiado fijos en la carretera como para darse cuenta de la luz de alarma que acababa de encenderse en el cuadro de mandos. De repente, un chorro de vapor salió de debajo del capó y el coche se llenó de un olor acre a quemado. Una mirada al indicador de temperatura confirmó que la aguja estaba en el máximo.

Abby aparcó lo más deprisa que pudo y tiró con fuerza del freno de mano para asegurarse de que el coche no se dejaba vencer por la pendiente. Después apretó el botón para abrir el capó y salió del coche, mirando al vehículo con hostilidad. Estaba demasiado caliente como para tocarlo, y con el sol que caía aquella tarde, no parecía que fuera a enfriarse pronto. Protegiéndose las manos con unos pañuelos de papel, Abby levantó el capó y se apartó con rapidez para evitar la bocanada de vapor. Estaba claro que el radiador necesitaba agua aún más que ella.

Abby sacó su móvil del bolso para explicar el motivo de su retraso. Apretando los dientes, comprobó que no había cobertura. No tenía elección: tendría que caminar. Entró en el coche para buscar su sombrero, pero salió a toda velocidad al oír el ruido de un motor en la distancia. Sacudió su sombrero en el aire, y justo en ese momento apareció por la curva un vehículo rojo, como una llamarada, en medio de una nube de polvo. Abby se apartó a un lado en el último momento, con el corazón latiéndole aceleradamente contra el pecho. El coche le pasó apenas a un metro de distancia y se detuvo con un brusco frenazo. Temblorosa, vio cómo un hombre muy alto, furioso, salía del coche como una exhalación y la bombardeaba en un italiano tan rápido y encendido que ella no entendió ni una palabra.

Consciente de que si le respondía en su escaso italiano sólo obtendría otra parrafada en respuesta, Abby levantó la mano como un policía, se quitó las gafas de sol y sonrió:

–Lo siento muchísimo. Mi coche está averiado. ¿Habla inglés?

Las cejas del hombre subieron por encima de sus gafas estilo aviador.

–Cielos. ¿Es británica?

–Sí –respondió ella, sorprendida, pues él también lo era.

–¿Qué demonios está haciendo aquí? ¡Podría haberla matado! Además, ésta es una carretera privada.

Su sonrisa se desvaneció.

–Eso ya lo sé. Me dirijo a Villa Falcone. Tengo una cita allí.

–Oh, entiendo. Otra de las fans de Gianni.

El tono de su voz irritó a Abby y lo fulminó con la mirada.

–Mi cita con el señor Falcone es por motivos estrictamente profesionales.

–Eso es lo que dicen todas –se pasó una mano por el pelo mientras la miraba fijamente–. Ha hecho una cosa muy estúpida. Menos mal que los frenos de mi coche funcionan bien.

Abby estaba acostumbrada a tratar con gente por su trabajo, pero en aquel momento tenía calor, estaba cansada, llegaba tarde a su cita y no estaba de humor para sermones.

–Si esta carretera es propiedad del señor Falcone, ¿Qué es usted, un fan o un intruso?

–Para su información –dijo él–, esta carretera no es propiedad de Gianni, sino mía.

–Oh –Abby se puso roja de vergüenza–. Entonces tengo que disculparme. Supongo que debo haber tomado mal algún desvío.

–Está claro. Echémosle un vistazo a tu coche.

Abby levantó de nuevo el capó y se echó hacia atrás. Él se quitó las gafas de sol, las enganchó en su cinturón y se inclinó sobre el motor para investigar. Ella lo miraba sin mucha esperanza, pero cuando él se incorporó para secarse el sudor de la frente, Abby frunció el ceño, sorprendida. Aquel rostro moreno y atractivo le resultaba familiar. Juraría que lo había visto antes. «Oh, vamos, Abigail.» Aquello era de lo más improbable. El estrés y el calor le estaban derritiendo el cerebro.

–El radiador tiene una fuga –le informó él–. Probablemente una piedra lo haya agujereado por la parte inferior. Tengo que disculparme.

–No es culpa suya –respondió ella, con una sonrisa.

–La disculpa es por mis dudas acerca de sus intenciones. Estaba seguro de que la avería sería fingida –sonrió él–. Las fans de Gianni pueden ser de lo más creativas para conseguir llegar hasta él.

Abby se tuvo que recordar a sí misma que necesitaba la ayuda de aquel hombre.

–El señor Falcone me está esperando, se lo puedo asegurar –miró a su reloj con cara de desesperación y añadió–. De hecho, tengo que reunirme con él dentro de veinte minutos, pero no tengo cobertura para informarle de que me voy a retrasar.

–Aquí no la encontrará. La llevaré a mi casa y desde allí podrá llamar a Gianni. Él mandará a alguien para que venga a buscarla –un par de ojos duros y oscuros la miraron con atención–. ¿Pensaba pasar la noche en su casa?

–No –respondió ella fríamente–. Tengo una reserva en un hotel de Todi. Después de encontrarme con el señor Falcone, llamaré a un taxi.

Por primera vez, él le sonrió con sinceridad.

–Bien. Vamos entonces. Por cierto, mi nombre es Wingate.

–Abigail Green –dijo ella, deslumbrada por su sonrisa–. Le agradezco su ayuda, señor Wingate –recogió sus cosas del coche, se limpió las manos con un pañuelo de papel y, ajustándose bien el sombrero, tomó asiento en el lugar del acompañante de su coche.

Entonces pudo ver que era un Range Rover deportivo, con asientos de cuero de lo más cómodos, sobre todo comparándolos con la estrechez del coche de alquiler. Pero Abby no pudo relajarse en el trayecto, pues no le quitaba ojo al precipicio que se abría a su lado. Mientras, su buen samaritano conducía con pericia, maniobrando con experiencia en cada curva, que eran cada vez más empinadas y peligrosas. Por fin, para su alivio, llegaron a una entrada que se abría en medio de una valla y entraron en el patio de una casa de piedra blanca.

—Oh, qué preciosidad —dijo ella, sin querer.

Las pocas ventanas del edificio eran de distintos tamaños y estaban distribuidas en la casa sin simetría aparente, pero el efecto era encantador. Cuando salió del coche, Abby pudo ver que las ventanas estaban colocadas para dar una vista distinta de las colinas boscosas y los viñedos que rodeaban la casa, así como de los campos de cultivo protegidos por hileras de altos cipreses.

—Qué vista tan fantástica —dijo ella, impresionada—. Casi merece la pena subir por esa carretera para llegar hasta aquí.

—No hay mucha gente que opine lo mismo, por suerte —dijo él, conduciéndola hacia un porche cuyos pilares estaban cubiertos de enredaderas—. Venga dentro, aquí hace mucho calor.

Abby lo siguió a través de un fresco recibidor hasta llegar a una sala de estar con vigas vistas y una impresionante chimenea.

—Siéntese —invitó él—. Le traeré un zumo.

—Gracias —ella sonrió ligeramente—. Pero llevo todo el día sentada. ¿Le importa que me acerque a la ventana para disfrutar de las vistas?

Su dura mirada se suavizó al sonreírle.

—Como usted quiera. ¿Dónde alquiló el coche?

—El hotel se encargó de todo... es el Villaluisa.

—Bien. Les llamaré después de hablar con Gianni.

Sola ante el impresionante paisaje, Abby lo oyó hablar en italiano desde otra sala, presumiblemente con Giancarlo Falcone. Eso deseaba con todas sus fuerzas, pues de otro modo, habría hecho un largo camino para nada. Cuando pidió unos días libres para volar a Venecia y conocer a su sobrino recién nacido, su jefe accedió con la condición de que pasara por Todi a la vuelta para acordar con el joven tenor los detalles de sus primeros conciertos en las islas británicas.

–Todo arreglado –dijo su anfitrión, de vuelta con una bandeja en las manos. Le sirvió zumo en un vaso alto y se lo acercó–. Yo mismo la llevaré a Villa Falcone.

Sorprendida, Abby le dio las gracias y bebió, pues estaba sedienta.

–Es muy amable por su parte –dijo ella al cabo de un momento–. Pero no quiero entretenerlo. Supongo que se dirigiría a algún sitio cuando nos encontramos.

–Lo he anulado –levantó una ceja–. ¿La espera alguien en el hotel?

Abby sacudió la cabeza.

–Tomaré un vuelo de vuelta a casa mañana para ir a trabajar el lunes. Gracias –añadió, cuando él le rellenó el vaso.

–¿A qué se dedica?

Abby le hizo una breve descripción de su trabajo como asistente de mánager.

–Colaboro en la organización de eventos. En verano son sobre todo comidas al aire libre y conciertos en entornos especiales. Una parte muy importante de mi trabajo es ocuparme de los artistas, y por eso estoy aquí ahora. Giancarlo Falcone es una gran estrella, pero es difícil hacer que firme por una fecha concreta, y los plazos se acercan...

—¿Y tu jefe pensó que un toque femenino movería montañas?

—No, he venido yo porque he estado en Venecia para ver a mi sobrino recién nacido. El marido de mi hermana trabaja en el sector hotelero allí.

—¿Es italiano?

Ella sonrió.

—Creo que Domenico se ve más como veneciano.

—Entonces debe estar encantado de tener un hijo.

—Desde luego, pero está igualmente encantado con su hija, que nació hace dos años.

—¿Le gustan los niños?

—Por supuesto —Abby vació el vaso—. ¿Puedo arreglarme un poco antes de que nos vayamos?

Se dirigió al baño de la planta baja, cubierto de mármol, llevando de la mano su bolso. Cuando se vio ante un espejo, se lamentó del pobre aspecto de su vestido camisero azul. Alisó las arrugas cuanto pudo y soltó un punto el cinturón para que cayera más sobre sus caderas antes de mirarse al espejo de nuevo. Se lavó la cara con agua y jabón, y aplicó crema hidratante y un poco de maquillaje de emergencia. Se puso un poco de perfume y soltó el pasador que le sujetaba el pelo en la nuca para peinárselo y dejárselo suelto sobre los hombros. Sonrió a su reflejo y se dijo que, si tenía que convencer al cantante, sería mejor utilizar todos sus recursos a su alcance para hacer que firmara.

Su rescatador estaba esperándola en el frío recibidor con un aspecto inmaculado, pues se había puesto una camisa de hilo blanca y unos pantalones azules con un cinturón de cuero, y zapatos, por supuesto, italianos. Abby se dio cuenta de que se había tomado la molestia de afeitarse.

—Tenía razón —dijo él, mirándola—. En cuanto te vea, Gianni hará lo que le pidas.

—Eso es bueno si quiere decir que firmará —respondió Abby con serenidad.

Él entrecerró los ojos.

—Tiene que tener cuidado, señorita Green. Gianni tal vez cante como los ángeles, pero es tan humano como cualquier otro hombre.

—Siempre tengo cuidado —le aseguró ella.

—Hoy no. Se ha equivocado de carretera.

—Creo que eso no se volverá a repetir —repuso ella.

—Una pena.

Abby levantó una ceja.

—Creía que no le gustaban los intrusos.

—En su caso, haré encantado una excepción. Y no se preocupe por el coche. El gerente del hotel enviará a alguien a buscarlo.

—Gracias, señor Wingate. Es muy amable —añadió envaradamente mientras se dirigían a la tortuosa carretera.

—Hoy me ha pillado de buen humor —repuso él, y arrugó los labios.

—No lo hubiera dicho cuando nos encontramos.

—¡Pero si estaba aterrado! —él le clavó la mirada—. ¿Se da cuenta de que podría haberla matado?

—Ahora sí —se encogió de hombros—, pero de algún modo tenía que detenerlo.

—Y de paso, detener también mi corazón, saltando de ese modo delante de mí, agitando el sombrero como si fuese una loca. Por cierto —añadió como si nada—, cuando haya acabado de hablar con Gianni, no tiene que molestarse en llamar a un taxi. Yo mismo la llevaré a Todi.

Abby lo miró sorprendida.

—No puedo dejar que haga eso, señor Wingate.

—Desde luego que sí. Y mi nombre es Max –aña-dió–. ¿Puedo llamarla Abigail?

—Prefiero Abby –ella apretó aún más los puños cuando pasaron junto a su coche de alquiler–. ¿Cómo se te ocurrió construir una casa en un sitio tan remoto? –preguntó cuando recuperó el aliento–. Se necesitan nervios de acero sólo para llegar hasta arriba.

—Hay una carretera más fácil que da a la parte posterior de la finca. Mi limpiadora, Renata, sube por ahí todos los días en bicicleta.

–¿Y por qué no la usas?

—A veces sí lo hago, pero va en dirección opuesta a la de Villa Falcone y Todi, así que esta vez era necesario tomar la carretera de vistas impresionantes –la miró–. Yo no elegí el emplazamiento de la casa, por cierto. Toda la propiedad llegó a mis manos en forma de regalo cuando yo aún era un arquitecto en ciernes.

Abby empezó a relajarse al ver que la carretera se hacía más suave.

–¿Y llegaste a convertirte en arquitecto? –preguntó ella educadamente.

—Sí. Aquí debe ser donde te equivocaste –dijo él, al tomar una desviación–. Viniendo desde Todi, tenías que haber girado a la derecha en este punto.

—Qué fallo tan tonto –dijo ella, disgustada–. Habría sido un camino mucho más fácil.

—Pero entonces no nos habríamos conocido –apuntó él.

Sin saber cómo tomarse aquello, Abby centró su atención en la carretera que ascendía junto a un casta-ñar. Max Wingate se detuvo frente a una verja que se alzaba entre altos muros de piedra y le habló a un intercomunicador antes de atravesar la puerta. Cruzaron primero unos cuidados jardines hasta llegar a una casa mucho más antigua y grande que la de Max en lo alto de la colina. Tenía ventanas venecianas, paredes rosadas y un soportal con arcos: era justo la idea de Abby de una villa italiana.

Un personaje familiar acudió rápidamente a saludarlos con una amplia sonrisa.

–*Bienvenutti. Com'estai, Massimo?*

–Bien, Gianni, pero habla inglés. Ella es la señorita Abigail Green. Ha venido de Inglaterra para verte.

Abby conocía a Giancarlo Falcone por fotos e imágenes, pero en carne y hueso, su atractivo era aún más notable. Por el momento había evitado el exceso de peso tan común entre los de su profesión, y en camiseta negra y vaqueros tenía un aspecto más de sexy estrella del rock que de tenor de ópera. Él le tomó la mano a Abby para hacerle una reverencia, y cuando se incorporó, sus ojos brillaban de aprecio.

–Bienvenida a mi hogar, señorita Green.

–Gracias –dijo ella, devolviéndole la sonrisa–. Siento llegar tarde, pero mi coche se averió.

–*Che peccato*! Es una suerte que Max pasara por allí para rescatarla.

–Sí, tuve mucha suerte –añadió ella, mirando primero a Max y luego a Gianni.

El primero parecía un poco más alto, y tanto sus ojos como su pelo eran oscuros como el chocolate amargo. Tanto los ojos como la melena de Gianni Falcone eran de un auténtico negro mediterráneo, pero los dos tenían la piel olivácea, rasgos marcados y cejas pronunciadas. El parecido era inconfundible.

–Has averiguado nuestro más oscuro secreto –dijo Max.

–¿Secreto? –preguntó Gianni.

–Olvidé decirle que somos familia.

El cantante sonrió, y su blanca sonrisa se unió a sus ojos brillantes en un gesto burlón.

–Entonces, soy el esqueleto que guarda Max en el armario. Mi hermano se avergüenza de mí, señorita Green.

–Hermanastro –corrigió Max–. ¿Está Luisa por aquí?

–No –Gianni lo miró con mala cara–. Mamá está en Venecia, en casa.

Para sorpresa de Abby, Max pareció relajarse.

–Qué casualidad. Tu visitante ha venido de Venecia esta misma mañana –le dijo a su hermano.

–¿Ha estado allí de vacaciones, señorita Green? –preguntó Gianni.

–Por poco tiempo –respondió Abby–. Una visita rápida para conocer a mi sobrino recién nacido.

–Ah, todo un acontecimiento. Mi enhorabuena –tomó a Abby de la mano–. Vayamos a la sala de música. ¿Vienes con nosotros? –le preguntó a su hermano.

Max sacudió la cabeza.

–Iré a hablar con Rosa mientras os ocupáis de vuestros asuntos. Después llevaré a la señorita Green a Todi.

–Eso podría haberlo hecho yo –replicó Gianni, levantando las cejas.

–No habrías podido –repuso Max–. Si pones un pie allí causarás un revuelo terrible. Abby lleva todo el día de viaje y necesita tener una tarde tranquila.

El énfasis de su voz hizo que los ojos de Gianni brillaran de un modo peligroso.

–*Va bene*. Comprendo. Tardaremos sólo unos minutos en firmar lo que la señorita Green quiera ponerme delante. *Allora* –añadió, conduciendo a Abby hacia delante–, nos vendría bien una taza de té mientras firmamos –miró hacia atrás–. Pídele a Rosa que nos lo traiga, Max, *per favore*, y pide lo que quieras para ti.

Gianni Falcone condujo a su invitada a una amplia sala de altos techos, dominada por un piano de cola con una partitura de ópera en el atril.

–Pensé que su agente estaría aquí hoy, señor Falcone –dijo Abby, sacando el contrato de su maletín.

–Llámame Gianni, por favor –se encogió de hombros–. Luigi ya ha aclarado las condiciones con el *signor* Hadley. No tenemos que hacer que interrumpa sus vacaciones sólo para que esté presente en la firma. No tendré inconveniente en actuar en dos ocasiones en junio del año que viene, tal y como se me propuso –le sonrió del mismo modo que aparecía en las fotografías promocionales y preguntó–. ¿Usted estará allí?

–Sí –le aseguró ella, y le dio los detalles de los hoteles y los desplazamientos que pensaba reservar para él.

–Me fío de su buen criterio, señorita Abby. Y, puesto que eso significa que nos veremos, estoy deseando que lleguen esos conciertos.

Mientras Gianni leía el contrato, su hermano llegó con una bandeja en las manos, seguido de una mujer que llevaba una cafetera. El tenor levantó la vista sonriendo.

–Llegas a tiempo para presenciar cómo firmo. Ah, Rosa mía... me has traído café.

La pequeña y regordeta mujer le sonrió con cariño y dijo algo en italiano antes de marcharse.

–Lo crió desde que era un bebé –informó Max a Abby –. Sabe lo que quiere antes incluso de que se lo pida.

–Es cierto –admitió Gianni, sonriendo a su hermano–. Pero cuando vaya a cantar a Londres, esta encantadora señorita ha dicho que se ocupará de mí.

–¿Es parte del servicio? –preguntó él, mirándola

–Es mi trabajo –asintió ella–. Yo me encargo de cuidar de los artistas.

Abby pasó media hora muy interesante en compañía de los dos hombres que, aún siendo parientes, eran muy distintos el uno del otro. Gianni Falcone era extrovertido y encantador, muy latino. Max Wingate, sin embargo, era bastante reservado y más británico en ese sentido, pero había dejado claro que, al igual que su hermano, no era inmune a los encantos de Abby, y ella lamentó tener que marcharse cuando llegó el momento.

Gianni le regaló un disco compacto de sus mejores arias antes de acompañarles hasta el coche.

–Es mi última grabación –le dijo, y la besó en las dos mejillas mientras le sujetaba la puerta del coche–. La veré en Londres, señorita Abby. A ti te veré pronto, Max. *Arrivederci*.

–Tenía razón –comentó Max satisfecho mientras atravesaban la verja de Villa Falcone–. Nada más verte, Gianni cayó rendido a tus preciosos pies.

Los ojos de Abby brillaron al darle las gracias educadamente por llevarla a Villa Falcone.

–¡Eso no es lo que querías decir en realidad! –rió él.

–Cierto –admitió ella sonriendo–, pero si siempre dijera lo que pienso, no duraría mucho en este trabajo.

–A veces es duro tratar con los artistas, ¿verdad?

–Pues sí. Hasta ahora siempre he podido apañármelas, sobre todo porque investigo sobre ellos antes de conocerlos –Abby lo miró–. Aparte de que tiene una voz gloriosa, sé poco de tu hermano.

Max se encogió de hombros.

–Gianni tiene los pies sobre la tierra. Le gusta que le adulen y que las mujeres lo adoren, pero no te dará problemas.

–Sé ve que lo aprecias mucho.

–Es difícil no hacerlo –él la miró un momento justo cuando la villa de Todi aparecía ante sus ojos–. Ya casi hemos llegado. Entonces, señorita Abigail Green, ahora que ha acabado con la parte de trabajo, déjeme que le enseñe la ciudad esta noche. Después le haré degustar una muestra de la cocina tradicional.

Abby lo miró sorprendida. Esperaba que él la dejara en el hotel y se marchara aliviado de quitarse un peso de encima, una vez acabada su misión de rescate, pero le encantó la idea. Cenar a solas en su habitación no podía compararse con una cena en Todi con un hombre como Max Wingate.

–Gracias. Me encantaría ver la ciudad.

Él sonrió.

–Bien. Después podemos ir a cenar. Al Ristorante Umbría, si te apetece una cena formal, o al Cavour si prefieres pasta y un ambiente más relajado.

–Relajado, por favor –dijo Abby enseguida–. Pero necesito media hora para cambiarme.

–Te esperaré en el bar. Déjame las llaves de tu coche y se las llevaré al gerente del hotel.

Max la vio marcharse a toda prisa antes de ir en busca del gerente. Se preparó para esperar mucho más de media hora. Pero no le importaba; merecía la pena esperar por Abigail Green. Cuando había visto aparecer ante él a una mujer moviéndose alocadamente, en una carretera donde nunca se había encontrado con nadie, había perdido los nervios por el miedo. Podría haberla matado fácilmente. Después, cuando la había mirado bien, se alegró de haberle gritado sólo en italiano, pues si ella hubiera entendido lo que le había dicho, no habría podido convencerla de que pasara la tarde con él. Y el poco tiempo que había estado con ella le había hecho desear más.

La habitación que Domenico le había reservado a Abby daba a los jardines del hotel y a la piscina, pero en aquel momento, todo su interés se centraba en el baño. Se duchó a toda velocidad y, para ahorrar tiempo, llamó a su madre y a Laura mientras se peinaba y se maquillaba. Se puso un vestido negro de tirantes y unos pendientes de ámbar, y bajó las escaleras a toda velocidad dispuesta a disfrutar de la tarde en Todi con un hombre que le resultaba más atractivo que ninguno de los que había conocido en mucho tiempo. Tal vez, en toda su vida.

Max estaba entrando en la recepción justo en el momento en que apareció Abby, y dio las gracias al destino para sí al mirar su rostro sonriente y su pelo suelto, casi tan negro como el de su hermano.

–Puntual –comentó, mirando su reloj–. ¿Sigues dispuesta a dar un paseo antes de cenar?

–Estoy deseándolo –le aseguró Abby–. Mi cuñado me ha dicho que ésta es una ciudad muy interesante.

–Y tiene razón –llevado por una arrolladora necesidad de tocarla, le colocó la mano bajo el codo mientras caminaban hacia el coche–. Todi es importante por sus murallas. Tiene tres, concéntricas, etrusca, romana y medieval, y algunas de sus puertas son magníficas. Las familias adineradas de Roma empiezan a venir a comprar casas aquí para usarlas como residencias de fin de semana. Por eso se están restaurando algunas de las casas de la zona medieval.

–¿A tu hermano no le gustaban esas casas?

Él sacudió la cabeza.

–Gianni heredó de su padre la Villa Falcone, junto con Rosa y el resto del personal de servicio que cuidan de él cuando está en casa. Cuando tiene que ir a Venecia, disfruta de más mimos aún que le proporciona su *mamma* –miró con aprecio sus sandalias planas doradas–. Casi todas las calles están adoquinadas, pero veo que vienes bien preparada.

Ella asintió con entusiasmo.

–Lo único que conozco de Italia es Venecia.

Él sonrió mientras le abría la puerta.

–Te gustará el contraste. Aparcaremos cerca de la Plaza Oberdan. Desde allí subiremos a la iglesia de San Fortunato, desde donde hay las mejores vistas de la ciudad.

Abby había empezado el día en Venecia, muy temprano, con un viaje en barco-taxi y varias horas de tren hasta el desdichado viaje en coche desde Todi, pero caminando por las calles de la antigua ciudad junto a Max Wingate, le pareció que hacía mucho tiempo de aquello.

El ritmo de vida parecía ser allí mucho más lento, y Abby sintió que se relajaba caminando por las calles que Max le enseñaba. Para cuando llegaron a la plaza principal, Abby empezó a notar el cansancio acumulado de todo el día y accedió encantada cuando Max sugirió acercarse al Corso Cavour a cenar.

–La ciudad es preciosa. Ojalá pudiera quedarme más tiempo –dijo con un suspiro.

–Vuelve cuando puedas.

–Me gustaría hacerlo –dijo, por educación, pero sabía que no era probable. Si viajaba a Italia, sería para visitar a Laura, Domenico e Isabella. Y al bebé.

–Tus ojos se acaban de iluminar –comentó Max sentándose a la mesa que les propuso el camarero–. ¿En qué o en quién estabas pensando? –deseó que no fuera en un hombre.

–Estaba pensando en Marco, mi sobrino, y en su hermana Isabella –dijo Abby, sonriendo–. Me ha costado despedirme de ellos esta mañana.

–El único bebé con el que me he relacionado ha sido con Gianni. Pero yo tenía diez años cuando nació y tenía muchos celos de él. ¿Qué tipo de vino te gusta? –añadió Max mientras el camarero les daba las cartas.

–Seco y blanco, por favor. Y agua también –Abby sonrió cuando el camarero se alejó–. Esta tarde, habría vendido mi alma por un poco de agua. Para mí y para el coche.

Él apretó los labios.

–Es una suerte que hubiera quedado con Aldo Zanini para jugar al ajedrez. ¿Qué habrías hecho si no llego a aparecer yo?

Ajedrez, no una chica... Impresionada por lo mucho que saber eso le agradó, Abby se encogió de hombros.

–No tenía muchas opciones. Habría seguido caminando. No sabía que me había equivocado de camino. ¿Qué habrías hecho tú si me hubiera desmayado en tu puerta pidiendo un vaso de agua?

–Dar gracias al cielo –le aseguró él, sonriendo otra vez de ese modo tan especial–. Aparte de Renata en su bici, ninguna otra mujer sube hasta mi casa. Pero tú eres bienvenida siempre que lo desees, Abigail Green.

La sonrisa se transformó en algo que hizo que ella sintiera que el pulso se le aceleraba y las pupilas se le dilataban, y entonces llegó el camarero con el vino y Max volvió su atención al menú.

–¿Qué te apetece comer? Aquí hacen muy bien los tallarines con trufas.

–Suena estupendo –dijo ella enseguida–. Creo que en este momento me comería lo que me pusieran delante. No he tenido tiempo de comer.

–Pasta con trufas para dos, entonces.

Después de unas aceitunas y un trago de vino blanco frío, Abby se sintió mucho mejor y se preparó para pasar una agradable velada, cosa rara para ella en verano.

–Entonces, señor Wingate, cuando no está retirado en su nido de águila, ¿dónde vive?

–En Gloucestershire, en una ciudad llamada Pennington. Desde mi casa puedo ir caminando hasta el edificio de mi empresa. ¿Por qué te ríes?

–¿Sabes que yo estudié en Pennington? Crecí en un pueblo no lejos de allí, en Stavely.

Max sacudió la cabeza, asombrado.

–Una chica de los Shires... un pequeño mundo. Pero ahora vives en Londres.

–¡Y vuelvo a Stavely siempre que puedo! Me dijiste que eras arquitecto pero, ¿qué tipo de trabajos hace tu estudio?

–Diseñamos grandes edificios, sobre todo, pero también hacemos trabajos personalizados para particulares con necesidades específicas. Por ejemplo, hace poco reformamos la casa de un hombre que había sufrido un accidente y había quedado en silla de ruedas.

–Debe ser un trabajo muy satisfactorio –dijo ella, impresionada.

–Lo es –admitió él–. Pero también tengo un montón de clientes valientes, o locos, que invierten en ruinas románticas. Mi casa me da buena prensa –dijo, llenándole el vaso–. ¿Qué te llevó a hacer el trabajo que haces?

–El destino, supongo –respondió ella, encogiéndose de hombros–, y mi amor por la música. Estudié filología en la universidad y después hice algunos cursos de empresariales. Después, empecé a trabajar en Milwood House ayudando en la organización de eventos al aire libre. Conocí a Simon Hadley, un organizador de eventos, y cuando su asistente personal dejó el trabajo para ocuparse de su bebé, me ofreció a mí el puesto. Llevo cuatro temporadas con él, y creo que ya es momento de cambiar. Acabaré dentro de un par de semanas.

Él la miró con los ojos entrecerrados.

–Creí que le habías prometido a Gianni que estarías con él el próximo verano.

Abby se sonrojó.

–Lo veré. Estaré en los conciertos, pero será otra persona quien se ocupe de él.

Max sacudió la cabeza en un gesto reprobatorio.

–Quieres decir que le seguiste el juego para que firmara.

–Me limité a seguir las instrucciones de Simon –dijo Abby con firmeza–. Pero no estaba mintiendo, pues estaré entre el público cuando él cante.

–Pero no serás su cuidadora –se inclinó hacia ella–. ¿Cómo sabes que no te traicionaré?

–No lo harás –Abby lo miró directamente a los ojos–. ¿Verdad?

Él sacudió la cabeza.

–Dejaré a mi hermano feliz en su ignorancia.

–Gracias –se inclinó para oler el plato de pasta que el camarero acababa de dejar frente a ella–. *Grazie* –le dijo con una sonrisa, y añadió–. *Delizioso.*

–Eso es justo lo que piensa mi hermano de ti –comentó Max con una sonrisa–. Que eres deliciosa. Pero ahora, come. Puedes seguir contándome la historia de Abigail Green después.

–Sólo si tú me cuentas a cambio la de Max Wingate –le devolvió ella, sonriendo abiertamente–. ¿O debo llamarte Massimo?

Capítulo 2

GIANNI y sus bromitas –dijo Max, resignado–. Mi madre insiste en llamarme así porque era el nombre de su padre, pero a efectos legales, y para el resto de la gente, soy Max.

El camarero les interrumpió para rellenarles las copas de vino, pero después de una palabra de Max, los dejó tranquilos.

–No sé qué le has dicho, pero el pobre chico parecía dolido de verdad –dijo Abby, con cierto tono de reproche.

Max se encogió de hombros, sin arrepentirse en absoluto.

–No te preocupes. El «pobre chico» estará aquí en cuanto te comas el último bocado de tu plato.

Ella rió y continuó comiendo con una concentración que divertía a su acompañante. Cuando acabó, dejó el tenedor sobre el plato con un suspiro.

–Ha estado fenomenal.

–¿Pasamos al postre? –dijo Max, sacudiendo la cabeza al ver que el camarero volvía hacia ellos.

–No me cabe nada más–respondió ella, intentando no reírse.

–Entonces es hora de volver a tu hotel... a no ser que te apetezca otro paseo por la ciudad.

–Desde luego, este sitio es precioso –repuso ella, apartándose del tema, deseando haber aceptado tomar postre, si eso significaba pasar más tiempo con Max Wingate.

¿Tanto le gustaba? ¿A quién intentaba engañar? ¡Por supuesto que sí! Una vez que se había calmado tras el susto que ella le había dado, se había esforzado al máximo para ayudar a una completa extraña que no sólo le había cambiado los planes, sino que casi le había provocado también un ataque al corazón. Gianni irradiaba un encanto natural, pero la personalidad más reservada de Max le resultaba mucho más atractiva. Había algo en sus ojos oscuros que la hacía estremecerse cada vez que lo miraba.

—¿En qué estás pensando? —preguntó él.

—En lo amable que has sido conmigo —respondió Abby, sonrojándose.

—No me apuntes virtudes que no tengo —repuso Max, inclinándose sobre la mesa para hacerse oír por encima del ruido del restaurante—. Sólo lo hice para poderte convencer de que pasaras la tarde conmigo.

—¿Porque tuviste que anular la partida de ajedrez...? —preguntó ella, extrañada.

—No. Aldo es el constructor que trabajó conmigo en la casa. Puedo jugar con él al ajedrez cuando quiera, pero cuando el destino hizo que tomaras el camino de mi casa en vez del de la de Gianni, yo supe aprovecharme de ello. Y yo puedo ser muchas cosas, Abigail Green, pero no soy tonto.

—¡Te creo!

Él se apoyó en el respaldo de su silla y la estudió.

—¿Te molestan a veces los hombres famosos con los que trabajas?

—A veces es un poco complicado lidiar con los que están casados, pero nunca ha ocurrido nada que no se pudiera manejar con un poco de tacto, hasta ahora

–sonrió al camarero, que acababa de llevarles los cafés–. Normalmente me llevo bien con los hombres.

–Ya veo.

–Me refiero a los hombres que conozco por motivos profesionales. Y los de la universidad, también. Antes, en el colegio, los chicos no se fijaban en mí; era demasiado delgada, demasiado alta y demasiado lista –sonrió con resignación–. Pero para cuando fui a Cambridge a la universidad, había ganado formas y todo el mundo era un poco más inteligente. Algunos, más que yo. Entonces fue cuando mi vida social despegó.

–Me hago una idea –se levantó y le ofreció la mano–. Entonces, señorita Green, si ha terminado su café y puede separarse de nuestro atento camarero, vayamos a dar un paseo nocturno.

Bajo la luna llena, la ciudad resultaba aún más romántica. Advirtiéndole de los adoquines irregulares en algunas de las calles más oscuras, Max la tomó de la mano mientras la llevaba a ver algunas de las casas medievales que habían restaurado, y después sugirió que siguieran la tradición local y se acercaran a la *gelateria* frente al parque.

–Hacen unos helados muy buenos de frutas.

–Creo que aún estoy llena de la cena –dijo Abby, lamentándolo profundamente–. ¿Te importa que sigamos paseando un rato más?

–Lo que tú quieras –respondió él, y se sorprendió al darse cuenta de que lo decía de modo literal. Hacía mucho tiempo que no caminaba con una chica de la mano y nunca lo había hecho con ninguna que le gustara tanto como Abigail Green–. Pobre Gianni, él no puede disfrutar de placeres tan sencillos como éste en su ciudad. Es una de las desventajas de ser famoso.

–Pero tendrá novia...

—Sí, pero hasta ahora mantiene su identidad en secreto. No se lo ha dicho ni a su madre, y sólo Dios sabe por qué. Gianni me lo dijo porque no podía aguantar más sin decírselo a alguien, pero no me dijo su nombre, probablemente porque es alguien a quien Luisa no aprobaría.

—¿Por qué no?

—A ojos de su madre, no hay nadie lo suficientemente bueno para Giancarlo Falcone.

Abby observó su perfil aquilino con curiosidad.

—Él la llama «mamma», pero tú no.

—Si la vieras, no pensarías que tiene edad de ser la madre de Gianni, y mucho menos la mía —le sonrió—. ¿Y tú? ¿Qué me dices de tus padres?

—Mi padre murió cuando yo era pequeña, así que mi madre nos crió casi sola. Irá a Venecia la semana que viene a conocer a su nietecito —Abby sonrió con cariño.

Max se detuvo al oír las campanadas de un reloj

—Ah, la hora de Cenicienta. Volvamos al coche.

Abby le sonrió con calidez mientras caminaban.

—Muchas gracias por la cena y por la visita. Me ha encantado.

Él le apretó la mano.

—Es una pena que no te quedes más tiempo para poder repetirlo.

—Tal vez puedas venir a uno de los conciertos que organizo, antes de que deje el trabajo.

Él sacudió la cabeza.

—Estarías demasiado ocupada para estar conmigo. Pero, ¿qué te parece cenar juntos una noche?

—Me encantaría —no tenía sentido ser tímida o reservada...

—En ese caso —pero Max se vio interrumpido por su

móvil, al que respondió en un italiano fluido y algo irritado. Mientras hablaba, le abrió la puerta del coche a Abby, y cuando por fin colgó y se sentó en el asiento del conductor, le sonrió–. Lo siento. Era Gianni.

–¿Algo va mal?

–Para él, es un completo desastre. Luisa ha decidido hacer una visita sorpresa a Villa Falcone y ha llamado a Gianni para que vaya a buscarla a la estación de Perugia mañana.

–¿Y no le agrada la perspectiva?

–Está destrozado, pues esto va a interrumpir su idilio con su dama misteriosa.

–¡Ah, entiendo! ¿Y te ha pedido que vayas a buscar a tu madre en su lugar?

–Casi me lo ha suplicado. Está desesperado por pasar cada minuto con el amor de su vida, así que me ha pedido que lo ayude. Iré a recoger a su madre a Perugia mañana por la tarde y él podrá pasar unas horas más con su *innamorata* –una sonrisa se dibujó en sus labios–. Le he dicho que le llamaría más tarde.

–¿Le ayudarás?

–Aún no lo sé. Tú irás en tren a Pisa para tomar el vuelo a Londres, ¿verdad?

–Sí –respondió Abby con cautela.

–Entonces, éste es el plan: yo te llevo en coche a Perugia y me despido de ti antes de que llegue el tren de Venecia –Max se detuvo para valorar su reacción–. Después, conduciré hasta Villa Falcone a paso de tortuga, lo cual, por muy distintas razones, complacerá igualmente a Luisa y a Gianni. Cuando estemos a punto de llegar, le llamaré para avisarle, para que pueda pasar el mayor tiempo posible con su novia –soltó una carcajada–. Su madre viene para asegurarse de que duerme suficiente antes del compromiso en

Roma, sin saber que lo que él quiere es dormir con la *signorina* desconocida.

–¡Oh, pobre Gianni! –rió Abby–. ¿Estás dispuesto a hacer eso por él?

–Sí. ¿Qué te parece? De ese modo te ahorrarías un trasbordo de tren.

–Te lo agradecería muchísimo –lo miró curiosa–. ¿No prefiere tu madre venir en avión?

–No le gustan –respondió él–. Y tampoco viajar por carretera. Por eso Enzo, mi padrastro, compró el piso de Venecia donde ella vive; Allí puede moverse en barco-taxi y en tren, que son sus medios de transporte preferido. Se llevará una sorpresa cuando vea que su chófer seré yo –y añadió–. Ni siquiera sabe que estoy en Italia.

Abby se quedó en silencio hasta que llegaron al hotel.

–¿En qué piensas?

–En que eres muy amable por llevarme a Perugia mañana.

–Si no hubiera sido por Gianni –dijo él, mirándola fijamente–, te habría llevado hasta Pisa.

Abby sintió una extraña sensación en el estómago.

–Con que me lleves a Perugia, ya me ayudas bastante –le aseguró.

–Entonces llamaré a Gianni para contarle el plan –Max empezó otra rápida conversación con su hermano en italiano y colgó con una sonrisa–. Gianni está encantado.

–¿Llevarás a tu madre a tu casa primero, para que él pueda estar un rato más con su novia?

–No. Según Luisa, el viaje hasta allí arriba le perjudica al corazón.

–La comprendo, y eso que yo no tengo ningún pro-

blema cardiaco –rió Abby–. El tren sale de Perugia a
las once y cincuenta y cinco. ¿A qué hora pasarás a re-
cogerme?

–A las diez en punto.

–Perfecto. Así podré desayunar tranquilamente en
lugar de tener que madrugar para tomar el tren desde
Todi. Gracias –añadió con una sonrisa–. Parece que no
dejo de repetir lo mismo desde que nos conocimos.

–Bueno –dijo él, tomándole la mano–. Estuviste a
punto de darme un puñetazo cuando te confundí con
una de las fans de Gianni.

–Pero si yo soy fan suya... lo único que no me gustó
fue la forma en que lo dijiste –Además –añadió–, después de conducir por esas curvas, y por el lado contrario que en Inglaterra, el ver aparecer tu coche como
una bola de fuego en medio del polvo... Me quedé helada.

–Yo también, pero después me di cuenta de que me
había encontrado con la dama en apuros más bella del
mundo.

Ella lo miró entrecerrando los ojos.

–No sé si tomarme eso como un cumplido o como
un comentario machista.

–Es la pura verdad –rió Max, y le apretó la mano–.
Te acompañaré hasta la puerta del hotel y después volveré a mi refugio.

La cama era muy cómoda, pero Abby se quedó despierta un rato repasando los eventos del día. La despedida de Laura fue muy dolorosa, pues su hermana se
echó a llorar a la vez que le pedía que volviera pronto
y se quedara más tiempo. Domenico le aseguró que
para cuando volviera, tendrían un piso más grande con

una cama para ella, algo que agradó a Abby después de haber compartido el sofá con su sobrina casi toda la noche. Isabella necesitaba cariño y que le aseguraran que sus padres no dejarían de quererla por que hubiera tenido un hermanito. Por eso, Abby se ofreció a cuidar de Marco al día siguiente, para que Isabella pudiera disfrutar de un rato con sus padres. Abby sonrió. Después de haber visto las lágrimas de sus amigas tras sus fracasos sentimentales, era tranquilizador ver que a Laura le iba tan bien en su matrimonio. Y eso no podía decirse, por ejemplo de la relación de Max Wingate con su madre. Pero en caso de Max, no podía tratarse de celos entre hermanos, pues estaba claro que quería mucho a Gianni. Tal vez, simplemente, no le gustara su madre, aunque a Abby, pensando en su madre, eso le resultara difícil de asumir. Probablemente, Max no la hubiera perdonado por haberse casado por segunda vez, y por eso hablara de ella con tal dureza. Abby intentó apartarlo de su mente; necesitaba dormir para tener buena cara al día siguiente cuando él pasara a buscarla.

Abby se levantó temprano a la mañana siguiente para hacer las maletas antes de que le subieran el desayuno a la habitación. Bajó a la recepción un poco antes de las diez, pero Max ya estaba allí esperándola, vestido con unos elegantes pantalones de lino y una camisa formal. De uno de sus bolsillos asomaba una corbata.

–Buenos días –dijo él, sonriendo–. ¿Has dormido bien?

–Muy bien. Después de pasar dos noches en un sofá, ha sido todo un lujo dormir en una cama. Sólo me queda pagar la cuenta.

–No te preocupes, vamos bien de tiempo. Iré llevando tus cosas al coche.

Cuando Abby salió, Max estaba apoyado contra el coche, con la mirada perdida en la distancia. Un impulso le hizo sacar el teléfono móvil del bolsillo y hacerle una foto sin que se diera cuenta. Sería un recuerdo de su estancia en Todi, se dijo a sí misma, y rápidamente guardó el teléfono cuando él se volvió para mirarla, sonriente.

–Hoy pareces estar más relajada –comentó Max más tarde, mientras el coche devoraba los kilómetros que les separaban de Perugia.

–En esta carretera no hay tantas curvas –apuntó ella–. Además, ayer nos conocimos en circunstancias un poco estresantes.

–Eso es cierto –rió él–. Bien, señorita Green, cuénteme un poco de su vida. Tú has oído hablar mucho de mi madre; cuéntame cómo es la tuya.

Abby sonrió con ternura.

–Tiene cincuenta y pocos años, pero parece diez años más joven. Es directora del colegio del pueblo y es rubia, como mi hermana Laura, y muy atractiva.

–Pero no os ha traído a casa un padrastro... ¿Te habría molestado eso?

–No lo sé, la verdad –dijo ella, después de dudar un momento–. Las tres estábamos muy unidas y la casita en la que vivíamos era muy pequeña. Supongo que el añadir un hombre a esa mezcla hubiera traído problemas, pero por lo que yo sé, nunca se planteó la posibilidad. ¿Tú sientes rencor hacia tu padrastro?

–No. Nunca vi a Enzo de ese modo, porque yo vivía en Londres con mi padre. Sólo iba a Villa Falcone de vacaciones obligatorias en verano.

–¿Es lo máximo que tu padre te permitía?

–Es lo máximo que yo acepté al principio.

–¿No te gustaba ir allí?

–No era la casa, sino mis sentimientos hacia mi madre –se detuvo y la miró un segundo–. Luisa viajó sola a su pueblo, a Todi, justo después de que yo cumpliera los diez años. Allí se encontró con Enzo, su novio de juventud, convertido en un rico hombre de negocios, y ya nunca volvió.

–¿Y no la perdonaste por ello?

Él apretó los labios.

–Le di la espalda por completo. Cuando volví a verla, me enfadé muchísimo, porque ella tenía un nuevo marido para entonces, y otro hijo.

Abby se quedó callada un rato, pero por fin le pudo la curiosidad.

–Y, si no te llevabas bien con tu madre, ¿por qué te hiciste una casa en Italia?

–Yo no la construí, exactamente. Sólo diseñé los planos para reconstruirla. En tiempos, fue la casa de los abuelos de Enzo Falcone, y durante las vacaciones de verano, solía llevarnos allí de merienda. A mí me encantaba el lugar, y por eso me lo regaló cuando cumplí dieciocho años –Max sonrió–. Yo le caía bien. Y contra todo pronóstico, él también me caía bien a mí. También a mi padre, lo cual es todavía más extraño. Cuando Enzo venía a Londres, siempre íbamos a cenar con él, y como yo estaba estudiando arquitectura, Enzo confiaba en que pudiera transformar las ruinas de la casa de sus abuelos en algo bello de nuevo.

–Y lo conseguiste. Es un lugar mágico.

–Me alegro de que te lo parezca. Aldo, el contratista de la obra, quería tirarlo todo abajo y empezar de cero, pero yo quería retener su carácter, y para eso tenía que conservar el original en lo posible. Por desgracia, Enzo murió antes de verlo acabado. Le echo de menos –el rostro de Max se cubrió de sombras–. La próxima vez que vengas, te enseñaré el resto. En la parte de atrás mandé construir una piscina larga y estrecha, y la vista desde la terraza cubierta de la habitación principal, es la mejor de toda la casa.

–Seguro que es impresionante –dijo Abby, complacida con el «la próxima vez que vengas».

Max, al imaginarse a Abby en esa habitación, compartiéndola con él, decidió cambiar de tema.

–¿Cómo es que tu hermana se casó con un italiano?

–Laura fue a Venecia de vacaciones. Domenico tenía que ir a esperarla al aeropuerto, y desde entonces viven felices para siempre.

–¿Crees que durará?

Abby asintió con decisión.

–A pesar de lo negativo de las estadísticas, creo que lo suyo es definitivo.

–¿Te gustaría algo similar para ti?

–Tal vez. En el futuro.

–¿Así que no hay ningún hombre en tu vida ahora mismo?

–No –Abby se encogió de hombros–. Me cuesta mantener las relaciones por mi trabajo. La última se acabó porque el hombre con el que estaba saliendo quería una mujer a la que poder ver los sábados por la noche sin la molestia de tener que asistir a un concierto que no le gustara antes. Silas pensaba que Mozart era el dios verdadero, y que el resto de música no merecía la pena.

Un tonto, pensó Max.

–Mis gustos son un poco más amplios. Nunca me canso de escuchar a Gianni, pero también me encanta el jazz, y hasta el heavy metal, en mis días más salvajes.

–¿Y esos días son frecuentes?

–Te sorprendería la respuesta –repuso él, conteniendo la sonrisa.

–Creía que serías otro fan de Mozart –rió ella.

–Sólo cuando es Gianni quien lo interpreta.

Llegaron a la estación de Fontivegge con una hora de adelanto sobre el horario del tren, así que fueron a la cafetería para tomar unos *paninis* de jamón con un café.

–Ahora es cuando tenemos que intercambiar números de teléfono y cualquier otra información pertinente –dijo Max.

Él tomó nota de su número de móvil y ella hizo lo mismo, al tiempo que se intercambiaron tarjetas con las direcciones y los números de casa.

–Me has ayudado muchísimo –dijo Abby, sonriendo–. No sé cómo darte las gracias.

A Max se le ocurrieron varios modos...

–Voy a proponerte una cosa: volveré al Reino Unido para el fin de semana, así que podemos comer juntos el domingo. Di que sí. Tu tren sale enseguida.

–Entonces diré que sí. Me encantaría. Gracias –ella echó a reír–. Otra vez...

–Dame las gracias llamándome esta noche para contarme qué tal el viaje.

–Lo haré –prometió ella, y miró su reloj–. Creo que tengo que marcharme.

–Y yo creo que tengo que ponerme la chaqueta y esta odiosa corbata para que mi madre me dé su aprobación.

Max levantó la bolsa de Abby. Su cuerpo tenía un aspecto inmejorable con uno de esos trajes que distinguen a los sastres italianos. La tomó de la mano mientras caminaban por el andén y a ella le agradó sentir el calor de su piel.

La noche anterior, paseando junto a él, había disfrutado mucho, y de repente deseó con fuerza no estar a punto de despedirse de Max Wingate. Cuando estaba a punto de subirse al tren, él le recordó que tenía que cambiar de tren en Florencia y la tomó en sus brazos.

–Así también puedes darme las gracias –la besó intensamente mientras la abrazaba con tanta fuerza que ella estaba sin aliento cuando la soltó–. *Arrivederci* –le susurró después–. Que tengas buen viaje, Abby. Llámame esta noche.

Capítulo 3

ABBY se había llevado dos libros para el viaje, pero el beso de Max no la dejaba concentrarse en la lectura. Su masculina presencia se imponía en su mente, y al final Abby acabó observando el paisaje desde la ventanilla mientras recordaba la preciosa noche en Todi.

Tomó sin problemas el vuelo de Pisa a Londres, y una vez en Heathrow, llamó a un taxi. Cuando llegó a Bayswater, su piso le pareció muy silencioso sin Sadie. Abby echaba mucho de menos a su amiga, y también su mitad del alquiler. Suspiró al dejar su bolsa en el suelo. Tendría que encontrar otro trabajo o mudarse a otro piso más barato.

Mientras llenaba la tetera de agua, llamó a su madre para contarle sus impresiones de Marco Guido Chiesa, el bebé más guapo del mundo, y de su hermana Isabella Anna Chiesa, igualmente guapa. Después, se bebió la taza antes de llamar a Max.

—Hola, soy Abby. Ya he llegado.

—Has tardado mucho. Estaba esperando tu llamada... ¿Ha habido algún problema?

—Aparte del aburrimiento, nada notable. ¿Qué tal tu madre?

—Se quedó muy sorprendida de verme a mí en vez de a Gianni, pero logramos llegar a casa sin derramamiento de sangre. ¿Estás impresionada?

—Mucho. ¿Y Gianni?

—Muy agradecido. Luisa se puso sentimental cuando vino a abrazarme. Me suplicó que me quedara a comer, así que lo hice, aunque sólo fuera para darle una alegría a Rosa.

—¿Irás a ver a tu madre mientras está en casa de Gianni?

—No. Le dije que tenía que volver a Londres —se echó a reír—. Está muy interesada en ti, por cierto. Gianni habló sin parar de la bella joven inglesa que viajó desde Londres hasta Todi para concertar los detalles de sus conciertos. Luisa, por supuesto, considera esas atenciones lo normal para su hijo, así que no me molesté en aclarar que venías de paso.

Ella echó a reír.

—¿Así que la reunión familiar fue bien?

—Mejor de lo normal, desde luego.

—¿No le importa a tu madre verte tan poco?

—Si le importa, nunca se queja —dijo con brusquedad.

Abby decidió cambiar de tema.

—¿Y te has enterado de la identidad de la misteriosa amante de Gianni?

—No. Ojalá lo supiera, pero si es casada...

—¿Crees que eso es probable?

—Por un lado, lo dudo. Gianni es un buen católico y eso le traería, además, muy mala prensa. Pero también es un joven italiano, locamente enamorado, así que... ¿quién sabe?

—Al final, te lo acabará contando...

—No mientras mi madre esté por aquí. Además, yo me marcho pronto. Tengo una cita importante el domingo por la tarde, así que pasaré a buscarte a las doce —se detuvo un segundo—. Las horas se me van a hacer eternas hasta entonces, Abby. Buenas noches, que duermas bien.

En cuanto colgó, el teléfono volvió a sonar de nuevo.

–Abby, por fin. Llevas horas comunicando. Sé que es tarde, pero tu madre me dijo que llegabas esta noche y no pude esperar.

–¿Rachel? Pareces un poco nerviosa. ¿Ha pasado algo?

–No. Bueno, sí, pero es algo bonito y maravilloso. Estoy prometida. Por tercera vez, lo sé, pero a la tercera va la vencida.

A Abby le dio un vuelco el corazón. Rachel Kent era amiga suya desde la guardería en Stavely, pero también era quien más consuelo necesitaba cuando sus relaciones se torcían.

–Cuéntamelo todo. ¿Quién es esta vez?

–Es Sam –respondió Rachel, y echó a reír.

–¿Sam, qué más? –Abby frunció el ceño.

–Sam Talbot, por supuesto. No te rías, Abby...

–No me estoy riendo, sólo estoy sorprendida –Rachel había estado prometida con Sam en la primera ocasión–. ¿Cuándo ocurrió?

–La proposición de matrimonio, hoy. Nos encontramos en una boda hace un mes, y hemos estado viéndonos desde entonces, pero no se lo había dicho a nadie por si la cosa salía mal –Rachel suspiró, como extasiada–. Sam ha guardado mi anillo todo este tiempo, Abby. ¿No te parece romántico?

–Claro. ¿Y crees que esta vez te lo quedarás?

–Claro que lo haré. Vamos a celebrarlo con una comida familiar en casa el próximo domingo; por eso tenía que decírtelo cuanto antes. Sé que estás muy ocupada en esta época del año, pero lo hemos puesto en domingo para que tú puedas venir.

–Rachel, lo siento mucho, pero no puedo. Ya tengo planes para ese día.

–Oh, Abby... Bueno, no pasa nada. Tráete a ese Silas, pero dime que vendrás. No viniste a las otras dos fiestas de compromiso, y ésta es muy importante. Por favor, Abby, di que sí.

–Oh, de acuerdo, Rachel –dijo Abby, resignada–. Allí estaré, pero sin Silas. Él ya es historia.

–¿En serio? ¿Qué ha pasado?

–Cuando Sadie se marchó para ir a vivir con Tom, él creyó que se vendría a vivir conmigo. Cuando yo le dije que no, se puso bastante desagradable. Intentó obligarme a acostarme con él para mostrarme lo que me estaba perdiendo.

–¡Qué cerdo! ¿Y lo echaste?

–Después de una pequeña disputa, sí. Sigue llamándome, pero no quiero nada con él.

–Bien hecho. Cariño, olvídate de él. Yo te presentaré a alguien mucho más interesante.

Rachel ignoró las protestas de Abby preguntándole por su sobrino y el viaje a Italia, hasta que ella se tranquilizó y acabó despidiéndose de su amiga con una felicitación por su compromiso.

Abby miró el reloj de la cocina preguntándose si debía llamar a Max entonces o no. No, sería mejor dejarlo para el día siguiente. En aquel momento su desilusión era tan grande, que tal vez hasta se echase a llorar al decirle que tenían que cancelar su comida del domingo. Y no quería que él supiera las muchas ganas que tenía de verlo.

El día siguiente fue una locura, pues Abby tuvo que ponerse al día con la correspondencia y ayudar a

Simon con los programas del próximo verano. Su jefe estaba encantado con el éxito de Abby en su viaje a Villa Falcone, y volvió a pedirle, una vez más, que no lo dejara. Abby echó a reír al oírlo, pues sabía que Simon ya tenía a otra persona para sustituirla. Después, se dedicó en cuerpo y alma a los preparativos del concierto de ese sábado. Cuando llegó a casa era tan tarde, que llamó a su madre nada más cruzar el umbral.

—Debes de estar destrozada, cariño –dijo Isabel.

—Ha sido un día duro –admitió Abby–. Bueno, ¿lo tienes todo preparado para el viaje de mañana? Te advierto que el sofá de Domenico y Laura no es muy cómodo.

—Querían que me quedara en su apartamento privado del Hotel Forli Palace, como hicieron sus padres, pero no me apetece estar sola. Como voy a quedarme bastante tiempo, les he sugerido que pongan una cama plegable o algo así en la habitación de Isabella.

—Buena idea. A ella le encantará.

—Por cierto, ¿qué tal con el pequeño Marco? ¿Se portó bien cuando te quedaste sola con él?

—Bueno, al principio estuvo un poco protestón, pero lo paseé y le canté una nana, y pronto estuvo soñando con los angelitos.

—Gracias por el consejo –rió Isabel–. Pareces cansada, cariño. Vete a la cama. Te llamaré cuando llegue, y ven a casa un fin de semana cuando te deje el trabajo... llevo meses sin verte.

Abby prometió hacer lo posible, le deseó a su madre buen viaje y cenó antes de llamar a Max. Para su decepción, su móvil estaba desconectado y en el número de casa respondió el contestador, en dos idiomas. Probablemente estuviera jugando al ajedrez con Aldo, o a las familias felices con Gianni y Luisa, pero la vida social de Max Wingate no era cosa suya.

El día siguiente fue igual de estresante, con la tensión añadida de una entrevista para un puesto de trabajo por la tarde. Abby volvió a llegar tarde a casa, y encontró un mensaje de su madre en el contestador confirmando su llegada a Venecia sana y salva. Después de ducharse, a Abby le dio pereza vestirse y se puso la camisola que usaba para dormir. Hizo una cena ligera y se acurrucó en el sofá en bata para ver la tele un rato antes de irse a acostar. Le estaba costando mucho volver a la rutina diaria después de su aventura en Italia. Cuando oyó el timbre, se puso de pie, irritada, pues no estaba de humor para recibir visitas. Si era Silas Wood, sería mejor que se marchase por donde había llegado. Descolgó el auricular del portero automático y se quedó sin habla al oír la voz de Max Wingate.

—¿Abby? Tenía que haberte llamado primero, pero me arriesgue y vine a ver si te veía.

—¿Max? ¿Qué demonios estás haciendo aquí?

—Estoy de pie delante de tu puerta. ¿Estás sola?

—Sí, pero...

—Déjame entrar. Vengo desde muy lejos solo para verte.

Mirando con desesperación su aspecto, Abby apretó el botón que abría la puerta y corrió a su cuarto a ponerse un poco de lápiz de labios antes de correr a abrir a un Max Wingate muy distinto del que la había besado en la estación de Perugia. Parecía más alto de lo que ella recordaba, con el pelo un poco revuelto y barba de varios días, botas y una chaqueta de cuero. A la vista de tanta testosterona, Abby se quedó mirándolo sin poder articular palabra.

Max sonrió al verla tan sorprendida, conteniendo las ganas de tomarla en brazos y besarla hasta dejarla sin sentido.

–Hola, Abby. Siento venir tan tarde.

–Hola –susurró ella–. Qué sorpresa.

–¿Te he sacado de la cama?

–No –hizo inventario de lo que tenía en la nevera y en la cocina–. ¿Te apetece una copa de vino? ¿Algo para cenar?

–No, gracias, ya he comido, y tengo que conducir, así que también rechazaré el vino –Max la miró con una sonrisa indulgente–. Relájate. Pareces incómoda.

–Nada de eso –repuso ella, alegremente–. Déjame tu chaqueta... Prepararé un café.

Abby llenó la cafetera de agua consciente de que él vigilaba cada uno de sus movimientos. Preparó un plato de galletas, sin dejar de darle vueltas a la cabeza: era tarde y Gloucesteshire estaba lejos. ¿Acaso esperaría quedarse a dormir allí? Aunque estaba encantada de verlo, no estaba preparada para aquello. Puso las galletas sobre la mesita, le pasó a Max una taza y se sentó con la otra en el sofá.

–Gracias. Voy a Kew, a casa de mi padre, para quedarme con él un par de noches, pero quise hacerte una visita sorpresa primero –torció una sonrisa–. ¿No te ha gustado mi idea?

Entonces, no pretendía quedarse a pasar la noche. Abby le ofreció una radiante sonrisa.

–Lo cierto es que es una idea buenísima, porque tenía que hablar contigo. Intenté llamarte, pero no pude localizarte.

–¿Pasa algo?

–No voy a poder comer contigo el domingo.

–Vaya, ¿tienes una oferta mejor? –dijo él, ocultando la decepción con una sonrisa.

Ella sacudió la cabeza, con tristeza y le habló de Rachel y su fiesta de compromiso.

–Lo ha organizado para que yo pueda ir, así que tengo que hacerlo. Ella es amiga mía desde hace mucho tiempo, aunque últimamente no nos hemos visto demasiado. Por eso sugirió que fuera con Silas, el fan de Mozart.

–¿La fiesta es en Londres?

–No, en casa de Rachel, en Stavely. No fui a sus otras fiestas de compromiso, así que tengo que ir a ésta –al ver su cara divertida, Abby añadió–. Es la tercera. Sam, su actual prometido, fue el primero.

–Vaya –exclamó él, impresionado–. ¿Y va a arriesgarse por segunda vez? Sí que es valiente.

–Es perfecto para ella. No tenía que haber roto el compromiso la primera vez. Te caería bien.

–Entonces me encantaría conocerlo, ¿o la invitación era sólo para el amante de Mozart?

Abby lo miró con un brillo de esperanza en los ojos.

–¿Estás dispuesto a venir a la fiesta conmigo?

Él estaba dispuesto a todo por complacerla, pensó, y eso le sorprendió.

–¿Por qué no? Podría llevarte, y podríamos comer juntos.

–A mí me encantaría –hizo un puchero–. Admito que no me apetece ir sola. Si mi madre hubiera estado, me habría acompañado, pero...

–Pero está en Venecia, así que yo te protegeré.

–¿De qué?

Max la miró directamente a los ojos.

–No lo sé. Dímelo tú.

—Es que Rachel es muy casamentera —repuso ella, encogiéndose de hombros—. Siempre insiste en invitar a algún hombre «perfecto para mí», pero el resultado siempre es desastroso.

Max mordió una galleta frunciendo el ceño.

—¿Y por qué tu amiga se siente obligada a buscarle pareja a una mujer tan atractiva como tú?

Abby le agradeció el cumplido y le explicó que Rachel y ella eran muy amigas, pero sus personalidades, muy distintas.

—Ella no puede estar sin un hombre a su lado, y yo sí. Rachel no lo acaba de comprender, y siempre intenta emparejarme.

—¿Es por eso por lo que no fuiste a sus otras fiestas de compromiso?

—No. En la primera estaba muy ocupada con mis exámenes, y en la segunda, estaba en Venecia. No me malinterpretes, la quiero mucho, pero cuando se pone casamentera, me saca de quicio.

—La solución perfecta es que le digas que iré yo en sustitución del hombre de Mozart.

—¿No te reirás cuando te pregunte cuáles son tus intenciones?

—¿Como casi hiciste tú cuando aparecí en la puerta? —Max la señaló con el índice—. Abby, confiesa: pensabas que venía para quedarme a dormir.

—Por supuesto que no —mintió ella—. Me sorprendió tu visita, nada más. ¿Por qué has interrumpido tus vacaciones?

Max se reacomodó en el sillón.

—Por dos motivos. No veía motivo para esperar al domingo para verte y, además, soy un cobarde.

—¡Vamos! No te conozco desde hace mucho, pero lo último no se lo cree nadie.

–Te lo agradezco –Max arrugó el gesto–. Pero Gianni me suplicaba que no dijera nada de su *innamorat*a, y a la vez, Luisa me bombardeaba a preguntas sobre su vida amorosa. A fuerza de decirle la verdad, que no sabía nada, desistió, pero sé que no parará hasta enterarse. Nunca me había considerado un cobarde, pero sé que no quiero estar allí cuando se descubra el pastel.

Abby echó a reír.

–¡Has dejado a Gianni solo ante el peligro!

–¡Nada de eso! Rosa es la guardaespaldas perfecta. Y Luisa sabe que no sacará nada de ella.

–¿Sigues creyendo que se trata de una mujer casada?

–Gianni oculta con tanta determinación su identidad, que empiezo a pensar que así es. Supongo que tenía que haberme quedado, pero en lo relativo a Luisa, mi presencia siempre empeora las cosas.

–Tal vez ella se sienta culpable.

–¿Culpable? –las cejas de Max se dispararon en vertical.

–Por haberte abandonado hace años.

–Lo dudo mucho –replicó él con cinismo.

–¿Ella es católica?

–Sí.

–Y abandonó a su marido y a su hijo... Claro que se siente culpable. Si no todo el tiempo, sí cada vez que te ve, Max –ella se detuvo, ligeramente sonrojada–. Lo siento. No es asunto mío.

–Yo te he implicado en ello al contártelo –Max sacudió la cabeza–. Nunca le había contado tanto a una mujer en toda mi vida.

Esa declaración agradó profundamente a Abby.

–Y debes de haber tenido unas cuantas en tu vida...

–Claro. De hecho, con algunas estuve bastante tiempo –declaró él, como si nada–. La última relación que tuve fracasó por el tiempo que le dedico a mi trabajo –echó un vistazo a su alrededor–. ¿Compartes este piso con alguien?

–Ahora no, pero antes vivía con Sadie Morris, compañera en el Trinity College, pero se fue a vivir con su novio hace un par de semanas. Me quedaré aquí hasta que sepa qué haré después.

Max contuvo un bostezo y se levantó.

–Será mejor que avise a mi padre de que salgo para allá. ¿A qué hora llegas por las tardes?

–Cuando acabo... normalmente, bastante tarde.

–¿Tienes algo planeado para mañana?

–No.

–¿Estarás en casa a las ocho?

–Podría ser –respondió ella con precaución.

–Entonces estaré aquí a las ocho y cuarto para llevarte a donde quieras. ¿Qué te parece?

Ella no dudó un segundo.

–Digo que estupendo. Lo único es que probablemente estaré demasiado cansada como para salir. ¿Te importa que comamos aquí en vez de fuera?

–No, si es lo que prefieres. Dime qué tipo de comida de gusta, y yo la traeré.

–No hace falta. Puedo salir a comprar algo a la hora de comer.

–Nada de eso. De la comida me encargo yo –Max le puso un dedo bajo la barbilla–. Ve a dormir.

–Sí, señor.

Él sonrió, la besó con suavidad y tomó su chaqueta.

–Buenas noches, Abby. Que tengas dulces sueños.

Poco después, mirándose al espejo de su cuarto, Abby echó a reír. Sin maquillaje, sin peinarse, con una bata gastada... ¿y le preocupaba que Max quisiera quedarse a pasar la noche? Demasiado era que no se hubiera ido corriendo al verla. Pero quería volver a verla al día siguiente, pensó con satisfacción, así que tal vez fuera su belleza interior lo que le gustaba de ella.

Al día siguiente, Abby le dijo a Simon que necesitaba ir a casa un poco antes.

–¿Tienes una cita? –preguntó él con confianza–. Date prisa, entonces. Pásalo bien.

Abby sonrió de camino a casa. Probablemente la noche que la esperaba no le sonara a diversión a algunos de sus amigos, con una vida social más agitada que la suya, pero a ella le gustaba quedarse en casa con amigas tanto como salir de copas, o tal vez más. Con Max, imaginaba que pasaría una noche tranquila y agradable.

Llegó a casa a la carrera y se metió en la ducha a toda velocidad, casi riendo de excitación. Era Rachel la que se volvía loca en aquellas ocasiones, no ella. Pero por una vez, Abby se sentía así, y le gustaba. A las ocho estaba lista, vestida con unos pantalones dorados y un fino suéter negro, corriendo de un lado a otro recogiendo el piso. El telefonillo sonó exactamente a las ocho y cuarto.

–Ya estoy aquí –dijo Max.

–Pasa –respondió ella, y abrió la puerta del exterior.

Un minuto después, él estaba llamando a la puerta de la casa cargado de paquetes. Sin cruzar palabra, los soltó todos, la tomó en sus brazos y la besó hasta que a Abby le dio vueltas la cabeza.

–Lo necesitaba –dijo él con sencillez, y sonrió mientras ella cerraba la puerta tras él–. Hola.

—Hola —respondió Abby sin aliento. No sabía qué decir—. Eres puntual.

—Tenía un buen incentivo —la miró de arriba abajo y dijo—. Deliciosa, señorita Green.

—Vaya, gracias, señor Wingate —repuso ella—. ¿Qué has traído? Tengo hambre.

—Yo también —recogió las bolsas del suelo—. Como no sé qué te gusta, he traído de todo.

Pronto estuvieron sentados uno en frente del otro a la mesa, con todo tipo de delicatessen delante de ellos.

—Probablemente te habría salido más barato invitarme a cenar fuera —comentó ella—, pero la verdad es que después de un día duro, prefiero esto.

—Y así tienes sobras para mañana y no hay camareros pesados.

—El de Todi era muy amable —protestó Abby.

—¡Era un pesado!

—¿Qué tal tu padre?

—Estupendamente. Preguntó por mi madre y por Gianni, y esta vez tengo más que decir, porque he visto a Luisa.

—Debe de ser una situación extraña para ti —comentó ella.

—No lo es —Max le ofreció el plato del queso—. Papá siempre pregunta por Luisa, pero a día de hoy, le interesa más Gianni. Le gusta mucho la música y sigue la trayectoria de mi hermano. Se moría de curiosidad por saber más de su amante secreta.

—¿Qué tal todo en Villa Falcone? —preguntó ella tomando un trozo de cremoso brie.

—Por ahora, todo en calma. Gianni ensaya a todas horas para mantener alejada a su madre, que se dedica a acosar a Rosa, pero ella no dirá nada.

—¿Rosa no tiene hijos?

–No. Luisa lo pasó muy mal cuando Gianni nació, así que Enzo contrató a Rosa para que se ocupara del bebé desde el primer día. Para Rosa, él es el hijo que nunca tuvo, así que Luisa no le sacará nada –se encogió de hombros–. Le dije que se marchara a Roma a ensayar y concentrarse en su próxima actuación.

–¿Crees que lo hará?

–Sí, porque se trata de un directo televisado, así que es muy importante para él. Además, si es por su carrera, Luisa no se opondrá –Max sonrió–. Y ya está bien de hablar de mis parientes. Dime qué has estado haciendo hoy.

–Concretando cosas para el concierto del sábado, que será mi despedida. Quiero que todo vaya bien –Abby apartó su plato y sonrió–. Ha sido perfecto, y tengo que volver a darte las gracias.

–Yo recogeré, no te preocupes –añadió él–. Guardaré las sobras en los recipientes y lo meteré todo en la nevera.

–Pero no puedo quedarme mirando...

–En ese caso, prepara el café que he traído.

Como era imposible no chocar una y otra vez en la pequeña cocina, hubo muchas risas y bromas antes de que Max llevara la bandeja del café a la mesita del salón.

–¿Entonces, cuándo vuelves a Pennington? –preguntó Abby, colocándose un mechón de pelo detrás de la oreja.

Max se recostó en el sofá observándola servir el café.

–Me pasaré mañana por la oficina, pero se supone que no vuelvo hasta la semana que viene, así que volveré a Kew el viernes. Repitámoslo esa noche. Esa vez te llevaré fuera.

–Oh, Max, lo siento. El viernes me es imposible –dijo, lamentándolo de verás–. Simon va a dar una fiesta para mí.

–Vaya. Entonces tendré que armarme de paciencia hasta el domingo –Max dejó la taza y se volvió hacia ella–. En ese caso, ponme ya al corriente. ¿Tengo que comprarle un regalo a la feliz pareja?

–No. Rachel dice que ahorremos para el regalo de boda –intentó contenerlo, pero el bostezo le pudo.

–Estás cansada... –él frunció el ceño–. Seguro que el domingo por la mañana también lo estás, pero puedes dormir en el coche de camino a la fiesta.

–No pienso desperdiciar un minuto contigo durmiendo –dijo ella con ojos brillantes, retándolo a que interpretara su frase como un doble sentido.

Ignorando las visiones que se le pasaban por la cabeza, Max le preguntó.

–¿Qué vas a hacer respecto al trabajo? ¿Tienes algo pensado?

Ella asintió.

–Tengo un par de entrevistas, y ayer tuve otra. Querían una asistente personal no fumadora capaz de ocuparse de la organización de eventos.

–¿Y te han dejado escapar?

–Tenían que ver a más gente, pero no sé si me gusta mucho el puesto –se encogió de hombros–. Llevo un tiempo pensando en buscar un trabajo más cerca de casa para poder ver más a mi madre –Abby lo miró a los ojos–. Antes de conocerlo, señor Wingate, ya había tomado la decisión de marcharme de la ciudad y buscar trabajo en Pennington.

Él le tomó la mano y le sonrió.

–Para mí, es una idea buenísima. Seguro que allí buscan a gente como tú.

–Espero que tengas razón. Tal vez gane menos, pero el alojamiento no será tan caro como aquí.

–Y podrás verme más a mí, y también a tu madre. Abby sonrió.

–¿Crees en el destino, Abby?

–Creo en que hay cosas que ocurren sin que nosotros tengamos control sobre ellas, pero también creo que echarle una mano al destino nunca viene mal.

–Yo también –sus ojos se clavaron en los de ella–. El destino nos unió en Umbría, Abigail Green, pero lo que pase a partir de ahora, es sólo cosa nuestra.

· Capítulo 4

E LLA lo miró sorprendida.

–¿Qué quieres decir exactamente?

Max le acarició el dorso de la mano.

–Primero tengo que explicarte que eres algo nuevo en mi vida –sonrió dulcemente–. Supongo que mis sentimientos hacia ti son del tipo de los que reservo para Gianni.

Ella abrió mucho los ojos.

–¿Fraternales?

–¡Nada de eso! Me refiero a que me siento protector. Ríete si quieres, pero desde el principio siento la necesidad de cuidar de ti.

–No me río –dijo ella, muy despacio–. Hasta ahora, el único hombre que ha sentido algo así por mí ha sido Domenico.

–El marido de tu hermana, supongo.

–Es encantador –Abby lo miró con cierta sospecha–. ¿Por eso me llevaste a Perugia? ¿Fue tu lado protector, para hacerme la vida más fácil?

–Por un lado, sí, pero también quería pasar contigo cada minuto que pudiera. Y –añadió, riendo–, borrar la primera impresión que te llevaste de mí.

–Eso ya lo hiciste llevándome de paseo y a cenar por Todi –repuso ella alegremente.

–Fue un placer. Excepto por lo de tener que dejarte en el hotel sin darte un beso de buenas noches –levantó una ceja–. ¿Te diste cuenta de lo mucho que me molestó eso?

Ella sacudió la cabeza.

–Se te da bien esconder tus sentimientos.

–A ti no –bromeó él–. Confiesa, Abby: anoche estabas segura de que había venido para acostarme contigo.

Ella sonrió inocente.

–No era tan descabellado. Hay hombres que esperan una compensación por una invitación a cenar, y tu llegabas directamente desde Italia.

–Pero, a pesar de todo, has aceptado cenar conmigo hoy aquí.

–Sí. Mi instinto me dijo que no intentarías llevarme a la cama en cuanto me acabara la cena.

–Tienes un instinto acertado –le puso un dedo bajo la barbilla para que lo mirara–. Por mucho que me guste la idea, no te arrastraré a la cama, pues no te mereces que te traten así. Admito que no es el modo en que suelo comportarme con las mujeres...

–Alto ahí. No quiero saber nada de las otras mujeres.

–Tema zanjado –respondió él enseguida.

–Entonces, si seguimos viéndonos, ¿harás sólo lo que yo quiera? –preguntó Abby, sintiendo como su pulso de aceleraba al ver el brillo de sus ojos.

–No prometo nada –advirtió él–. ¿Qué habías pensado?

–Ahora mismo, me gustaría que me besaras –dijo ella, sin más.

Max la miró como si no creyese lo que oía, pero la atrajo hacia sí y la besó hasta que los dos estuvieron sin aliento.

–Está bastante claro –comentó él con voz áspera–, que desear protegerte no evita que quiera hacerte el amor. Será mejor que tengas eso en cuenta desde el principio.

Abby tomó aliento.

—Creo que lo he comprendido. En lugar de que me arrastres tú a la cama, quieres que lo haga yo...

—Desde luego. Y cuanto antes, mejor.

—Lo tendré en cuenta —ella lo miró retadora—. Pero tienes que tener en cuenta una cosa: si tenemos una relación, del tipo que sea, informal, breve... da igual... tiene que ser exclusiva.

—No tienes de qué preocuparte —sus ojos se endurecieron—. No me gusta la infidelidad.

—Bien. Entonces ya podemos firmar el pacto con sangre —bromeó ella.

—¿Eso es lo que haces normalmente? —rió Max, besándole la muñeca en vez.

—No hay «normalmente» —aclaró Abby—. He salido con unos cuantos hombres desde que estoy en Londres, pero no he tenido nada parecido a una relación. Cuando querían más, me despedía de ellos con un «adiós».

—Si me dices eso a mí, te ignoraré completamente— sus ojos se oscurecieron.

—¡Entonces no lo diré!

—Bien dicho —él volvió a besarla antes de apartarla con dulzura—. Pero creo que es el momento de que yo me despida. Se hace tarde y tú trabajas mañana. Tengo que irme.

—¡No, no te vayas aún!

—¡Si quieres, me quedaré! —Max la abrazó y le apartó un mechón de la cara—. ¿Qué vamos a hacer el domingo? ¿Cómo me vas a presentar cuando lleguemos a casa de tu amiga?

Abby lo miró y sonrió.

—¿Qué prefieres? ¿«Amigo»? ¿«Novio»?

–¿Qué te parece, «amante»? –a él le brillaban los ojos.

–¿En Stavely? ¡Qué cosas dices! Además, no lo eres –señaló ella.

–¡Aún no! –suspiró Max pesadamente–. Además, eres tú la que me tiene que llevar a la cama.

–Se me había olvidado eso.

–Ojalá también se me hubiera olvidado a mí.

Max la abrazó con fuerza y ella se sintió tan cómoda, que sus ojos empezaron a cerrarse.

–Estás cansada –dijo él por fin–. Me marcharé para que puedas acostarte. Me lo he pasado muy bien esta noche.

–Yo también –sonrió ella–. Como ya habrás notado, no quería que se acabase. Te veré el domingo.

–Intenta no trabajar demasiado. ¿A qué hora acaba el concierto del sábado?

–Después de los fuegos artificiales y de que todo el mundo se haya marchado.

–¿Cómo volverás a casa?

–Pediré un taxi de antemano.

–Muy bien –tomó la chaqueta y se dirigió a la puerta–. Yo también buscaré uno ahora. Buenas noches, Abby.

–Buenas noches. Oh, Max –añadió, pero de repente cambió de idea–. Olvidaba darte las gracias –improvisó.

–El placer ha sido mío –la besó de nuevo y se marchó.

Abby se quedó mirando la puerta cerrada. Después de casi haberle suplicado que se quedara, le había costado contenerse de pedirle que la llamara al día siguiente. Aquello era nuevo. Normalmente eran ellos los que querían quedarse más tiempo y llamarla todo el rato. Sadie siempre le tomaba el pelo con eso.

–Un día, caerás como el resto de nosotras –había profetizado.

En el taxi de camino a Kew, Max pensó que nunca había tenido una cena tan agradable con una mujer. Le resultaba fácil imaginar el repetir la escena de forma permanente con Abby; compartir comidas y el resto de su vida, por no mencionar la cama, con ella. No sabía qué la hacía diferente de las demás... su físico era innegable, pero la inteligencia que había bajo éste era la clave de su atractivo. Además, estaba ese aire de delicadeza que lo atraía de tal modo, que había tenido que apelar a todo su autocontrol para no llevarla en volandas a la cama y estropear todo antes de que empezara.

Abby se preparó para acostarse pensando en lo que diría Sadie cuando supiera que su profecía aparentaba haberse hecho realidad. Sentía que su cuerpo respondía ante Max Wingate como nunca lo había sentido antes, y lo mejor era que él parecía satisfecho, o al menos partidario de dejar que ella marcase el ritmo de... ¿de su relación? ¿Aventura? Ninguno de los dos apelativos parecían apropiados. Estaba deseando que llegara el domingo...

El sábado, Abby sintió un leve ataque de tristeza cuando acabaron los fuegos artificiales, el gentío se dispersó y las luces del escenario se apagaron. Se preguntó si no estaría equivocándose al dejar aquello. Pero ya se había despedido y pronto estuvo en el taxi de camino a casa... pensando que en unas pocas horas vería a Max. Si le hubieran dado la opción, habría preferido un domingo tranquilo en vez de conducir hasta Stavely a la fiesta de Rachel, pero lo bueno era que estaría con él casi todo el día. Y cuando llegó a casa, tenía un mensaje suyo.

—Vete derecha a la cama y duerme. Te veré por la mañana.

Abby sonrió al escuchar su voz. Se durmió en cuanto cayó sobre la almohada.

Cuando le abrió la puerta a la mañana siguiente, Max la abrazó y la besó con fuerza.

—Buenos días, Abigail Green. Pensé que estarías cansada, pero tienes un aspecto estupendo.

Ella sonrió.

—Probablemente porque dormí bien.

—Seguro que hay alguna otra razón. Por cierto, espero ir bien, porque se me olvidó preguntarte qué me tenía que poner.

Puesto que llevaba el precioso traje de verano que se había puesto para recibir a su madre en Perugia, Abby asintió con entusiasmo.

—Un traje estupendo.

—Un vestido estupendo.

Llevaba un vestido de crepé que se ponía para los conciertos y que resaltaba sus largas piernas. Era casi del mismo color que sus ojos y estaba muy orgullosa de esa prenda, pero sabía que si tenía buen aspecto, era más por la perspectiva de pasar todo el día con Max que por los cosméticos y la ropa que llevara.

Por el camino, Abby le contó a Max la pena que había sentido el día anterior, en su último concierto, y que había obtenido el trabajo de la entrevista que hizo.

–Enhorabuena.

–Pero lo he rechazado, porque tengo el corazón puesto en un trabajo en Pennington –hizo una mueca–. Sé que ha sido un poco arrogante, pero el trabajo no me gustaba. Además, Simon ha sido muy generoso, así que no me moriré de hambre mientras busco otro trabajo.

–Claro que no –dijo él, tomándole la mano.

–¡Estaba de broma!

–Yo no.

Abby pensó entonces que las cosas iban muy deprisa. Casi le daba miedo.

–No te preocupes, Abby –dijo él, como si le hubiera leído el pensamiento–. No quiero arrastrarte a nada.

–Ya lo sé –dijo ella, resignada–. Soy yo la que te tiene que arrastrar.

Él soltó una carcajada.

–No puedo esperar más –pero se corrigió–. No, por ti, Abigail Green, puedo esperar y lo haré.

Cuando llegaron a Stavely, Abby indicó a Max para pasar primero por Briar Cottage antes de ir a la fiesta.

–Ésta es la casa de mi familia –dijo, abriendo la puerta.

–Una gran casa –dijo él, en el pequeño pero acogedor recibidor.

–Una casa pequeña, querrás decir. Puedes estirar las piernas dando un paseo por el jardín mientras yo me empolvo la nariz. Mi madre trabaja mucho en ese jardín.

Él observó la cuidada hierba, el seto de laurel y los macizos de flores.

–¿Tiene a alguien que la ayude?

–No lo sé –respondió ella, con cara de culpabilidad–. Y sé que debería saberlo –en ese momento su móvil reclamó su atención desde su bolso–. Es un mensaje de Rachel diciendo que me dé prisa —lo miró—. ¿Estás listo?

Max la tomó en sus brazos y la besó con pasión.

—Ahora sí —dijo, sonriéndole.

—Pero yo no —protestó ella—. Necesito ir a arreglarme. Y tú también. Te he dejado marcado.

—Desde luego que sí —admitió él con una mirada que le derritió los huesos.

El hogar de los Kent era de estilo eduardiano, con un enorme jardín. Max aparcó sobre la hierba, al final de una larga fila de coches. Cuando le abrió la puerta a Abby, sonrió al ver sus zapatos.

—La hierba está mojada y esos zapatos no parecen los más apropiados para andar sobre ella.

—Lo había olvidado —dijo ella, y soltó un gritito cuando él la tomó en brazos para llevarla hasta un sitio relativamente seco—. Gracias —dijo, casi sin aliento.

—Me encanta tener una excusa para tomarte en brazos —le ofreció la mano—. ¿Lista?

Cuando se acercaban a la puerta de entrada, Rachel salió por ella seguida de un sonriente Sam. Abrazó a Abby con fuerza y la besó, mirando a Max con curiosidad.

—Soy Max Wingate —dijo él, con una ligera inclinación.

Sam alargó la mano y se presentó.

—Enhorabuena a los dos —añadió Max—. Abby me dijo que no os importaría que me colara en vuestra fiesta.

—Claro que no —le aseguró Rachel, mirando a Abby con sus brillantes ojos azules—. Te ha guardado en secreto, pero cualquier amigo de Abby es bienvenido a esta casa.

—Estoy encantada de volver a verte, Sam —dijo Abby—. No la sueltes esta vez.

—La agarraré con uñas y dientes —prometió él, y rodeó a Rachel con el brazo—. Vamos dentro, cariño, y ofrezcámosles algo para beber.

Una vez dentro, Cicely Kent envolvió a Abby en un fuerte abrazo en cuanto la vio.

—Me alegro de que hayas podido venir, cielo. Estás preciosa. Es una pena que tu madre no haya podido venir, pero antes de marcharte, tienes que hablarme del niño de Laura.

—Claro —respondió Abby con cariño—. Deje que le presente a Max Wingate, un amigo.

—¿Qué tal está, señora Kent? —dijo Max con voz suave—. Espero que no le importe tener un invitado más.

—Claro que no. Abby es como una hija, y sus amigos son bienvenidos a esta casa. La pena es que la vemos muy poco últimamente —le dijo, con tono reprobatorio—. Pero hay alguien aquí que quedará algo disgustado al ver que has venido acompañada... Tengo que ir a la cocina. Pasadlo bien, os veré más tarde.

—Se refiere a Marcus, Abby —aclaró Rachel.

—Llega gente, Rachel —dijo una voz familiar.

Abby se giró y vio a un hombre alto y sonriente, de pelo claro.

—Estás preciosa, Abby. ¿Qué tal? Hace mucho que no nos veíamos.

—Hola, Marcus —sonrió ella con serenidad—. Te presento a Max Wingate, que me ha traído hasta aquí. Él es Marcus Kent, el hermano de Rachel.

—Encantado —dijo Marcus, estrechándole la mano—. ¿Vives en Londres, como Abby?

—No, en Pennington —Max tomó dos copas de una

bandeja y rodeó posesivamente a Abby con el brazo–. Por la feliz pareja.

Marcus brindó con él.

–Esperemos que Rachel no se canse de Sam esta vez.

–Estoy segura de que no lo hará –declaró Abby con firmeza–. Marcus, discúlpanos, quiero presentarle a Max algunas personas.

Se llevó a Max y comenzó una nueva ronda de presentaciones y preguntas por ella y por el bebé de Laura, hasta que sonó la campana y salieron a comer a la terraza.

–Abby, me sentaré con vosotros –dijo Rachel–. Nos vemos muy poco.

–Eso cambiará, tal vez –dijo Abby–. Estoy buscando trabajo en Pennington.

–Fantástico.

Sam y Rachel parecían tan felices juntos, y fue tan cómodo estar con Max, que Abby se alegró de haber ido a la fiesta. Después de la comida y de los tradicionales discursos, Abby se levantó para despedirse de su amiga.

–¿Ya os vais? –preguntó Marcus–. Como siempre, disfrutamos poco rato de la compañía Abby.

–La verás más en el futuro –informó Rachel–. Ha dejado su trabajo en Londres.

–Si necesitas un cambio, Abby –dijo Marcus–, hay un puesto libre en mi bufete.

Ella sacudió la cabeza, consciente de que Max se ponía tenso tras ella.

–Me temo que no es mi campo. Y creo que me he cansado de Londres. Quiero buscar algo más cerca de casa, pero gracias de todos modos.

–Vayamos a despedirnos de la anfitriona –dijo Max.

Se alejaron de Marcus y Rachel para ir a despedirse

de la señora Kent, con la promesa de que volverían pronto.

De camino a casa, Abby le pidió a Max que se detuvieran en Briar Cottage para tomar un té.

—Podemos pasar por la granja a comprar leche... necesito mucho té antes de volver a casa.

Al llegar a la granja, Max ordenó a Abby que se quedara en el coche. Él volvió en seguida con una lechera y una docena de huevos, acompañado de Chris Morgan, que sonreía afectuosamente.

—Estás preciosa, Abby —le dijo el hombre—. ¿Has estado con Rachel? Dile a Sam que le ponga un poco de pegamento a ese anillo.

—Se lo diré —rió ella—. Pero creo que esta vez es definitivo. ¿Qué tal te va, Chris?

—Bien. Seguro que Jane lamenta no haberte visto. Está con los niños en la feria y yo me he quedado vigilando el castillo —se volvió a Max—. Encantado de conocerte. Vuelve pronto y te enseñaré todo esto.

De camino a casa, Max le preguntó con cierta sequedad si quería presentarle a más amigos.

—No —dijo ella, sorprendida—. ¿Es que no te ha gustado Chris?

—Sí, y mucho. Me parece un hombre muy franco, al igual que Sam. Rachel puede estar contenta.

—Lo está. Me ha dicho que se casarán en cuanto puedan —bostezó sin poder evitarlo—. Perdona. ¿Te parece que nos quedemos un rato en casa de mi madre sin hacer nada antes de volver?

—Me parece estupendo. Espero que te hayas dado cuenta de que me he esforzado mucho por causarle buena impresión a todo el mundo.

—Me he dado cuenta —sonrió Abby—. Rachel estaba impresionada.

—No como su hermano... no le he caído nada bien.

Habían llegado a la casa y Abby bajó del coche para abrir la puerta.

—Serían imaginaciones tuyas.

Él la siguió a la cocina para dejar los huevos y la leche sobre la mesa.

—Desde luego, tú no le caes mal.

—Me conoce desde que era pequeña y me considera casi una hermana más —se quitó los zapatos y llenó la tetera, evitando su intensa y oscura mirada.

—Su reacción hacia ti no ha sido nada fraternal, Abby.

—Estás exagerando —dijo ella sin más, sirviendo el agua en las tazas. Añadió la leche y se sentó.

Max se sentó frente a ella y la tensión se hizo notable.

—¿Qué ocurre?

—Enseguida me di cuenta de por qué necesitabas protección hoy. No era por los tejemanejes casamenteros de Rachel, sino por Marcus Kent —le clavó la mirada hasta que ella se rindió.

—Sólo quería evitar que me pusiera en evidencia —dijo ella, a la defensiva—. De pequeña estaba loca por él; Marcus lo sabía y lo recuerda cada vez que puede.

—¿Aún te gusta?

—Claro que no. Aquello murió de muerte natural cuando acabé el instituto.

—Si hay alguien que esté loco por alguien hoy en día, ese es Marcus Kent. Por ti —Max la miró fijamente.

—¿Por eso me llamabas «cariño» y me rodeabas con el brazo siembre que podías?

—En parte, pero también porque me parecía natural. Como esto.

Se levantó y la levantó a ella de la silla para besarla hasta quedar sin aliento. La devoró con los labios mientras sus manos recorrían su cuerpo, sus pechos sobre la fina tela del vestido... y ella sintió que sus pezones se endurecían cuando él apartó la tela. Abby se estremeció cuando sintió sus manos recorrer el encaje de su ropa interior. Su cuerpo se inflamó en una deliciosa respuesta que nunca antes había sentido y, después de un acalorado momento, ella se apartó para mirarlo sin aliento, con los ojos brillantes y la cara sofocada.

—¿Ahora es cuando te tengo que llevar a la cama, Max? —le preguntó en voz baja, el corazón latiéndole con fuerza en el pecho.

—¿Por qué ahora, Abby?

—Porque parece lo más natural —susurró ella, y le ofreció sus labios para que la besara.

Max tomó lo que ella le ofrecía. Teniéndola en brazos, resultaba difícil rechazarla cuando su instinto le gritaba que la echara contra el suelo y se hundiera en ella.

Ella se apartó de repente, como impaciente.

—¿Vas a venir, entonces? —preguntó.

Max tomó aliento. La necesidad de hacerle el amor lo consumía, pero aún le quedaba algo de autocontrol.

—No, Abby.

Ella dejó caer las manos y lo miró asombrada. Max se maldijo por sus tontos principios.

—¿Es que no me deseas?

—Claro que sí —replicó él, con voz áspera—. Te deseo tanto, que en este momento siento dolor físico, pero tú realmente no me deseas, Abby, o si lo haces, no es por los motivos adecuados.

Ella lo miró un momento sin decir nada.

—¿Qué tipo de motivos necesitas?

—Lo normal cuando un hombre y una mujer se desean tanto, que no pueden dejar pasar un minuto sin hacer el amor —Max le tomó la mano y la miró a los ojos—. ¿Es eso lo que sientes?

–No exactamente, pero quería que me hicieras el amor. No te preocupes –ella casi sollozó, y salió corriendo–. Ya no quiero.

El autocontrol de Max desapareció par siempre. La tomó en brazos y la llevó al sofá, sujetándola casi con crueldad mientras ella protestaba. La besó hasta someterla y sentir que sus labios se abrían para recibir su lengua. Entonces la sentó sobre él, le bajó la cremallera y deslizó el vestido hasta su cintura. La oyó contener el aliento cuando apartó el encaje y volvió su atención a sus pequeños y firmes pechos, contento de notar que se retorcía en respuesta a sus labios y dientes.

Max se colocó sobre ella y Abby gimió, su cuerpo consumido de calor bajo sus caricias. Cuando Max volvió a besar sus labios, ella se entregó a la lección que él le estaba dando, y una húmeda respuesta se formó en su interior. De repente, lo deseó tanto, que sintió que gritaría si no la tomaba. Ambos jadeaban al unísono mientras él le besaba la garganta y los pechos, y ella buscaba su erección con las caderas, obteniendo un profundo gruñido en respuesta. Cuando él le empezó a acariciar el muslo, ella contuvo la respiración, poniéndose tensa con el familiar ataque de pánico, y se apartó.

–Para, por favor. No puedo hacerlo. Lo siento, lo siento mucho... –se sentó y le dio la espalda.

Con la cabeza gacha y sin decir nada, Max se levantó y salió de la habitación.

Capítulo 5

ABBY se arregló la ropa con dedos temblorosos y deseó poder volver a su casa de Bayswater en una alfombra mágica. Cuando la puerta se abrió, ella se puso tensa y se giró para evitar el inevitable desprecio en los ojos de Max Wingate.

Él se acercó tanto, que podía notar su calor corporal.

—Mírame —le ordenó.

Ella negó con la cabeza, pero él la obligó.

—Abby, una mujer siempre puede decir no.

Ella se relajó al ver que él no estaba furioso.

—Gracias. No todos los hombres están de acuerdo contigo en eso, pero normalmente, en estas situaciones, el punto de inflexión llega antes. Mucho antes.

Max sintió que algo duro y frío se disolvía en su interior.

—¿Esto te pasa a menudo?

—No diría que a menudo —Abby no podía casi mirarlo a la cara—. Y nunca ha sido así antes.

—Vamos a preparar más té —propuso él, tomándola de la mano.

—La panacea para todo —susurró ella, y dejó que la llevara a la cocina.

Max pensó que era bueno que ella no se escondiera.

—Lo siento —dijo ella, contrita—. No soy una provocadora.

—Ya lo sé —respondió él, con tal ternura, que los ojos de Abby se llenaron de lágrimas.

—Perdona. Llorar no es mi estilo.

—Me alegro. No puedo soportar ver llorar a una mujer. Abby, dime una cosa —se cruzó de brazos—. ¿Me apartaste por asco?

Ella levantó la vista hacia él con rapidez, sorprendida.

—¡Cielos, Max, nada de eso!

—¿Entonces por qué? —se acercó y le tomó las manos en las suyas—. Llevo tiempo pensándolo, pero no podía preguntarlo... ¿Eres virgen?

Ella apartó las manos.

—¿Con mi edad? —dijo amargamente—. ¡Sé realista, Max!

—Tenía que preguntar —dijo él, y se maldijo entre dientes.

—Pues ya lo sabes, así que cambiemos de tema —declaro ella con agresividad—. Creo que tendríamos que marcharnos —miró su reloj—. Si me llevas a la estación, podré tomar el próximo tren y te ahorras el viaje de ida y de vuelta.

Max la fulminó con la mirada.

—Nada de eso. Te llevaré hasta Londres.

Abby le devolvió la mirada fulminante.

—No, gracias. Prefiero ir en tren.

Él se encogió de hombros.

—Te espero en el coche.

Abby se quedó mirándolo, sin saber qué hacer mientras lo veía salir de la casa. Podía haber insistido un poco más, pensó, furiosa, mientras recogía la leche, los huevos y un poco de pan del congelador, y lo guardaba en una bolsa térmica. Max tomó la bolsa de sus manos y, con exquisitos modales, la guardó en el maletero del coche y le cerró la puerta.

—¿Sabes ir a la estación?

—Conozco esta zona como la palma de mi mano —declaró él, encendiendo el lector de CDs.

Enseguida, la cálida y cristalina voz de Gianni llenó el habitáculo del coche. Abby se relajó y se dispuso a concentrarse en la música. Y tanto se concentró, que se dio cuenta del cartel que indicaba la salida de la estación cuando ya estaban encima.

—¡Ésta es la salida! —exclamó, nerviosa, pero Max sacudió la cabeza.

—Dije que te llevaría hasta Londres y eso haré.

Puesto que estaban en el carril rápido de la autopista, y había mucho tráfico, ella no pudo hacer nada más que tragarse su frustración.

—Abby, quiero disculparme por haberte ofendido.

—No te preocupes. Creo que prefiero olvidar algunas de las cosas que han pasado hoy, y supongo que tú también.

Ella no volvió la vista hacia él, y Max, después de observarla un segundo, se concentró en la carretera.

Cuando por fin llegaron a Bayswater después de lo que a ella le pareció el viaje más largo de su vida, Abby saltó del coche y tomó la bolsa que le ofrecía Max.

—Sé que no te puedes entretener, así que no te voy a pedir que pases. Gracias por llevarme a la fiesta, y por traerme de vuelta —añadió—. Aunque este viaje era innecesario. Adiós.

Max volvió a subir al coche sin decir nada y arrancó sin esperar a que ella entrara en casa. Ella entró en casa sin saber qué pensar. No tenía derecho a sentirse dolida por que él se hubiera marchado así, pero no podía evitarlo. Podría haber dicho adiós, al menos. Apretó los labios. Estaba claro que Max Wingate no era de los que aguantaban el tipo de trato que ella le había dado aquel día, y no podía culparlo por ello. Era una situación casi familiar para ella, pero antes no le había frustrado porque no le importaban los hombres que le habían dado la espalda en circunstancias similares. Con Max era diferente, pensó, sintiéndose fatal mientras guardaba la comida. Él le importaba mucho, de otro modo no le habría pedido que le hiciera el amor. Le ardió la cara al pensar en lo rápidamente que él se había dado cuenta de sus intenciones. Al besarla tan salvajemente había pretendido darle una lección que ella aprendió tan rápidamente, que pronto cada centímetro de su cuerpo se incendió de deseo por él. Hasta el final. En ese punto fue cuando apartó a Max con el pánico que habitualmente la asaltaba un poco antes. No podía culparlo por haberse ido sin decir nada ni por que le hubiera hecho la misma pregunta que ya había oído en el pasado.

Abby se dejó caer en el sofá, demasiado cansada para moverse, y dio un respingo cuando oyó el timbre de la puerta.

—¿Quién es? —preguntó, irritada, tomando el auricular.

—¿Quién crees? —dijo Max, irritado—. Déjame entrar.

Abby obedeció, sorprendida. Cuando abrió la puerta, Max pasó en silencio.

—Siento haber tardado tanto —dijo él, como si nada—. Me ha costado mucho aparcar.

Ella lo miró, frunciendo el ceño.

—¿Por qué has vuelto? Imaginaba que estarías ya de vuelta por la autopista.

—Parece que necesitas que te refresque la memoria —la miraba a los ojos—. Te dije que te ignoraría si te despidieras de mí.

–Es verdad –dijo, comprendiendo entonces el verdadero significado de esa frase.

–Siéntate –le dijo él–. Tenemos que hablar.

Abby asintió. Max merecía una explicación. Al ver que se quitaba la corbata, sonrió; pensaba quedarse un buen rato.

–¿Por qué has vuelto?

–Por razones diversas, pero sobre todo porque no me gustan los cabos sueltos –se sentó junto a ella y la miró muy serio–. Abby, hoy me has utilizado –empezó–. No tengo problema en actuar como guardaespaldas para ti en la fiesta, pero sí tengo serios reparos en ser parte de un experimento sexual como el de después. En el camino de vuelta tuve tiempo de pensar, y de llegar a la conclusión de que intentabas probarte algo a ti misma cuando me quisiste seducir.

–Tal vez sí al principio –Abby agachó la cabeza–, pero luego simplemente me dejé llevar, sin forzar nada. Bueno, hasta el final.

–Tengo la suficiente experiencia como para saber eso –le informó él, como si estuviesen discutiendo de algo más abstracto–. Pero ¿por qué ese miedo? No soy un violador... con un «no» habría bastado.

–Lo sé y lo siento –Abby sonrió tímidamente–. Tal vez ahora comprendas por qué la vida es más fácil para mí sin un hombre a mi lado.

Max la miró, con dudas.

–El hermano de tu amiga es abogado, pues mencionó algo de un bufete. ¿Ha cambiado él tu idea de buscar trabajo en Pennington?

–No –dijo ella, sacudiendo la cabeza–. Aunque tú no quieras volver a verme, Pennington es suficientemente grande como para que estemos los dos.

–¿Por qué no iba a querer volver a verte?

–Después de lo de hoy, no te culparía.

–No soy de los que se asustan tan fácilmente –le aseguró él–. Me gustan los retos y tú eres uno muy importante, así que olvídate de eso de no tener a un hombre en tu vida. Pretendo estar en ella, lo quieras o no.

–Quiero –susurró ella, sonriendo brevemente.

–En ese caso, propongo que nos concentremos en conocernos más el uno al otro.

–¿Y nos olvidamos del sexo?

–Soy un hombre, así que eso no es tarea fácil para mí –Max le tomó la mano–, pero creo que sería mejor dar marcha atrás y que disfrutemos de la compañía del otro.

–Eso me gustaría mucho –dijo ella, aliviada–. No temas, no volveré a pedirte que me hagas el amor. A partir de ahora, el primer paso va a ser cosa tuya.

–Cuando llegue el momento, cuenta con que lo daré.

–Ahora que lo hemos solucionado, creo que tengo hambre –sonrió ella–. ¿Quieres cenar?

En unos minutos, Abby tenía listos unos espaguetis a la carbonara bastante decentes, y los dos comieron con apetito, después de todas las emociones que les había deparado aquel día.

–Esto es justo lo que necesitaba –dijo Max, rebañando el plato con un trozo de pan.

Abby puso un poco de queso y tostadas en la mesa, y se sentó.

–Háblame de tu trabajo. ¿Para qué empresa trabajas en Pennington?

–Para la mía. Tal vez hayas oído hablar de ella. Creé WLS hace cinco años, con dos amigos arquitectos –tomó un trozo de queso y pan, y lo mordió con apetito–. Decidimos unir fuerzas y crear nuestra empresa fuera de Londres. Fuimos a Pennington porque la mujer de Jon es de allí, y a Harry Lucas le gustaba porque hay buenos colegios para sus hijos. A mí me pareció que era un lugar con potencial para el tipo de desarrollo que quería para la empresa.

–¿Eres el jefe? –preguntó Abby.

–Soy el socio que más capital invirtió, sí –dijo él, encogiéndose de hombros–, pero los tres trabajamos en equipo. Y tenemos gente muy buena contratada, muy comprometidos.

–Sí que he oído hablar de tu empresa. Recuerdo lo mucho que se habló de ella cuando el centro de arte que diseñasteis ganó todos esos premios.

–Fue un golpe de suerte, pero la verdad es que nos sirvió para ganar muchos clientes y conseguir buenos proyectos. Te mostraré alguno de ellos cuando vengas –levantó una ceja–. ¿Cuándo será eso?

–Pronto. Le prometí a Simon que estaría cerca para ayudar a mi «sucesor» al principio, pero después me marcharé a Briar Cottage. Mi madre estará de vuelta pronto a casa para el comienzo de las clases –sonrió–. Después de protestar tanto por lo poco que me veía, parece que ahora se va a hartar de mí.

–Seguro que está encantada de tenerte cerca de nuevo.

–Sí, pero eso no durará mucho, espero –aclaró ella–. En cuanto encuentre trabajo, buscaré un piso en Pennington para no tener que conducir tanto todos los días. Me gusta tener mi propio espacio. Además, podré pasar por casa cuando me harte de estar sola.

–Puedes buscar algo por la zona donde vivo yo... en Chester Gardens.

–¿Cómo? –Abby levantó las cejas–. Muy elegante, pero esos precios no son para mí.

–Yo tengo dos habitaciones libres. Podría alquilarte una. Y a un buen precio.

Ella sacudió la cabeza, sonriendo.

–Necesito mi propio espacio, de verdad.

–De acuerdo –miró su reloj y se puso en pie–. Vaya, qué tarde es. No me apetece conducir hasta Pennington. Creo que llamaré a mi padre y me quedaré en Kew.

Abby lo acompañó a la puerta sin saber cómo decirle lo que tenía que decirle.

–Gracias por todo lo de hoy.

–¿Por qué, exactamente? –preguntó él, mirándola con extrañeza.

–Por llevarme y traerme, por tu compañía en la fiesta y por tu paciencia –apartó la mirada de él–. Creí que te había espantado definitivamente.

–Aún tienes mucho que aprender de mí –se inclinó y la besó en la mejilla–. Te veré el sábado sobre las seis. Piensa en qué te apetece hacer.

Ella abrió mucho los ojos de alegría.

–¿Vas a volver a Londres el fin de semana que viene?

–Hasta que te traslades más cerca de mí, no tengo otra opción. En el futuro nos vamos a ver mucho, Abigail Green. Tendrás que acostumbrarte.

Ella sonrió radiante, con ganas de abrazarlo hasta estrujarlo.

–¿Es una amenaza o una promesa?

–Las dos cosas –dijo él, y la besó–. Que duermas bien.

Dos días después, Isabel Green llamó a su hija para decirle que acababa de llegar a casa y darle las últimas noticias de su sobrinito.

–Marco está estupendamente, y Laura y Domenico están llevando muy bien las cosas con Isabella, que se siente muy posesiva con respecto a su hermano.

–Me lo puedo imaginar –Abby apretó los hombros, como preparándose para algo difícil–. Ahora me toca a mí darte noticias.

–¿Ha pasado algo malo?

–No. Acabo el trabajo la semana que viene. Ya te dije que Simon intentó persuadirme de que me quedara –oyó que Isabel asentía al otro lado de la línea–, pero no acepté. Me han ofrecido otro trabajo, pero lo he rechazado... sigo pensando en buscar algo en Pennington.

–Es un alivio oírte decir eso –repuso Isabel.

–¿Entonces, no te importa tenerme en casa un tiempo?

–Sabes de sobra que estaré encantada, aunque tal vez te aburras, si comparas esto con Londres.

–No creo –Abby se detuvo un momento–. Además, tengo que contarte que conocí a alguien en Italia. Lo llevé a la fiesta de compromiso de Rachel. Probablemente te hablarán de él mañana.

–¡Seguro! ¿Es italiano?

–Sólo por el lado materno. Se llama Max Wingate, y es hermano de Giancarlo Falcone. Así fue como lo conocí. Pero Max vive en Pennington; es uno de los socios propietarios de WLS, ese estudio de arquitectura que ganó tantos premios por el nuevo centro de arte.

–¿En serio? ¡Es impresionante!

–La verdad es que sí. ¿Quieres que te lo presente?

–¡Claro que sí! –Isabel se detuvo un momento–. ¿Qué tal en la fiesta, hija?

–Bien. Me alegro de haber hecho el esfuerzo de ir. Max causó sensación entre los asistentes. Lo llevé a casa a tomar un té antes de volver a Londres y pasamos por la granja de Chris Morgan a comprar leche y huevos. A Max le cayó bien Chris.

–No es para menos. ¿Y a Chris?

—Le dijo que volviera por allí cuando quisiera.

—Ése es su sello de aprobación. Bien. Bueno, será mejor que te deje dormir.

—Me alegro de que hayas vuelto. Ah, mamá, mándame el periódico local por correo para ver los anuncios de trabajos.

Abby trabajó duro para enseñarle las complejidades de su trabajo a la persona que iba a sustituirla, pero ella probó ser avispada y pronto lo tuvo todo controlado, así que Abby pudo volver pronto a casa. Cuando Sadie llamó para proponerle una salida de chicas mientras Tom estaba de viaje, Abby aceptó.

A Sadie le pareció una locura el que buscara trabajo en Pennington.

—¿Cómo se te ocurre volver a ese páramo? Seguro que hay miles de oportunidades para alguien tan cualificado como tú aquí, en Londres.

—Sadie, aquello no es un páramo, y ya llevo cuatro años en Londres. Necesito un cambio de aires —Abby sonrió traviesa a su amiga—. Y acabo de conocer a un hombre que tiene una empresa en Pennington.

—¿En serio? —Sadie se recostó sobre el asiento de su silla—. Cuéntamelo todo.

Sadie Morris era una buena amiga desde que se conocieron en el Trinity College y a Abby no le costó contarle lo suficiente como para que Sadie estuviera pendiente de todas sus palabras.

—¿Te encontraste con el hombre perfecto en una montaña en Umbría? ¡Qué romántico! ¿Es guapo, entonces?

Abby sintió el habitual escalofrío que le sobrevenía

cada vez que imaginaba los ojos oscuros de Max y su cuerpo alto y musculoso.

–Creo que sí.

–¡Entonces tiene que ser guapísimo! Admítelo, por fin has caído –rió Sadie–. Bienvenida al club. Sabía que un día te unirías a nosotras.

Capítulo 6

CUANDO Max llegó el sábado siguiente, Abby estaba tan contenta de verle, que se tiró en sus brazos. Él la levantó y la abrazó con tanta fuerza, que casi le rompe las costillas. Después la besó hasta que casi perdieron la conciencia, y sin cerrar la puerta.

—Te he echado de menos —dijo él cuando la dejó en el suelo.

—Eso parece —jadeó ella—. ¿Qué vamos a hacer esta tarde?

—¿Que no sea meternos en la cama y hacer el amor apasionadamente? —dijo él, bromeando sólo a medias.

—Que no sea eso —respondió ella, con cierta pena.

—Vamos a cenar fuera —anunció él.

—¿Elegante o informal?

—Tal y como estás, vas perfecta.

—¿Cómo? —llevaba vaqueros y una camiseta blanca—. Esta ropa es para estar por casa; no me he cambiado porque no sabía qué plan tenías.

Max pensó que, cuando estaba lejos de ella, se le hacía más fácil ser paciente y darle todo el tiempo que necesitara para acostumbrarse a la idea de acostarse con él, pero al verla después de una semana, y con ese recibimiento, estaba dispuesto a mandar su paciencia al cuerno.

—Estás perfecta —le aseguró—. Tenemos tiempo antes de salir. ¿No tendrás una cerveza?

—Claro —sonrió ella triunfante—. He ido a la compra esta mañana.

Max la llevó de la mano hasta el sofá.

—Cuéntame qué has estado haciendo esta semana.

—Es lo que hago cada noche cuando me llamas.

—Pero anoche no estabas —repuso él—. Tuve que dejarte un mensaje.

—Salí con Sadie Morris, la chica que vivía aquí antes. Su novio estaba de viaje, así que tuvimos una noche de chicas.

—¿Y qué hacen las chicas en esas situaciones? —preguntó él con interés.

—Hablar de chicos —respondió Abby enseguida—. De ti, para ser más exactos.

—¿Qué le has contado?

—Cómo nos conocimos, a qué te dedicas —ella lo miró con ojos felinos—. Sadie me preguntó si eras guapo.

Max tomó un sorbo de cerveza y la miró por encima del borde del vaso.

—¿Y qué le dijiste?

—Que sí. Mucho.

Max dejó su cerveza a un lado, le quitó la copa de vino que tenía en la mano, y la subió sobre su regazo.

—Si dices esas cosas, te arriesgas mucho —le dijo con voz áspera, y la besó hasta que la cabeza le dio vueltas.

—¿Entonces no te has aburrido de mí? —susurró ella cuando pudo hablar.

—¿Eso te parece?

—No —sonrió ella—. ¿Tenemos que salir? Puedo preparar algo aquí.

—Por si no te habías dado cuenta, soy humano, Abigail Green, así que vamos a salir —la dejó en su sitio de nuevo y se bebió la cerveza–. La cena se sirve a las ocho.

–En ese caso, será mejor que me cambie –dijo ella, frunciendo el ceño.

–Si te empeñas... ¿Qué te parece el vestido que llevabas en Todi?

–No era nada especial –dijo ella, dudosa.

–Para mí sí lo es –se levantó y la levantó a ella también–. Vamos, y no tardes mucho.

Abby fue a su cuarto y se desnudó frente al espejo intentando ver su cuerpo con los ojos de Max. Le faltaba la voluptuosidad de Sadie, pero sabía que su amiga habría matado por unas caderas estrechas y unas piernas largas como las suyas, aunque a ella no le parecieran gran cosa. No estaba mal, decidió Abby. Se puso un conjunto de ropa interior que guardaba para las ocasiones especiales y que Sadie le había regalado con la promesa de que era de los que los hombres arrancaban nada más verlos. Buscó el vestido negro y se lo puso con los pendientes de ámbar y las sandalias doradas, para ir igual que en Todi. Se arregló el maquillaje, tomó una chaqueta negra y bajó a reunirse con Max.

Él se levantó del sofá al verla como una pantera a punto de saltar sobre su presa, con una mirada en los ojos como si pudiera ver a través de la tela.

–Estás espectacular –dijo él, en un susurro.

–Gracias –dijo ella, apartándose un poco–. No me beses o tendré que empezar de nuevo.

–¿Cómo sabes que quiero besarte?

–Lo sé. Vamos, es la hora.

–Sí, vamos, o tendré que besarte y tú tendrás que empezar de nuevo.

Max llamó a un taxi y Abby se lo agradeció, pues

empezaba a levantarse una brisa otoñal y su chaqueta no era de mucho abrigo.

—Estás temblando —le dijo él una vez dentro del taxi.

—Entonces, abrázame —propuso ella.

Se sintió increíblemente cómoda en sus brazos, envuelta en su aroma, y olvidó preguntar dónde iban hasta que pasó un rato.

—Estamos yendo muy lejos sólo para cenar —comentó ella—. ¿Dónde está el restaurante?

—Es una sorpresa —dijo él, sin ceder a sus preguntas hasta que llegaron a una tranquila calle cerca de Kew Gardens.

Abby lo miró sorprendida mientras caminaban hacia una gran casa separada de las demás por unos altos setos de laurel. Cuando Max apretó el timbre de la verja, la puerta de la entrada se abrió y apareció un hombre delgado, de pelo plateado con un delantal de rayas y una cuchara de madera en la mano, invitándolos a entrar.

—Te presento al chef —sonrió Max.

—Soy David Wingate, y tú... tú eres la señorita Abigail Green —dijo el hombre, con una mirada reprobadora a su hijo a la vez que le tomaba la mano—. Bienvenida, querida, pero pasad a la cocina. Estoy en un momento crítico.

Abby lanzó una mirada asesina a Max después de saludar.

—Abby pensaba que la llevaría a un restaurante, papá —explicó él, siguiendo a David por el suelo ajedrezado hasta la luminosa cocina.

—Tal vez él tuviera miedo de que no quisieras venir a conocer a su padre —sonrió David.

Ella sacudió la cabeza.

–Nada de eso, señor Wingate. Estoy encantada de conocerlo. Disculpe mi sorpresa.

–Abigail, tengo la impresión de que podría perdonarte cualquier cosa.

–Prefiere que la llamen «Abby», papá –informó Max–. ¿Qué estás haciendo?

–Nada especial. Pollo. Iba a hacer la salsa. Sírvele a Abby una copa de vino –David sonrió–. Max me ha dicho que te gusta blanco y seco.

–Sí, gracias –Abby dudó un momento–. ¿Puedo ayudar? Me gustaría hacerlo.

Él pareció complacido.

–Claro. Max, búscale un delantal para que se ponga encima de ese precioso vestido.

Max le quitó la chaqueta y le colocó un delantal.

–Ya está.

–¿Hago la salsa? Normalmente la hago yo en casa de mi madre –propuso ella.

–Buena idea.

Cualquier duda que Abby pudiera haber tenido sobre conocer al padre de Max se desvaneció al pasar un rato con él. Mientras cocinaban hablaron del encuentro de Max y Abby en Italia y del trabajo de Abby.

–La mesa está lista, papá –anunció Max, abriendo la puerta que daba al comedor–. ¿Llevo el primer plato?

David parecía indeciso.

–Ahora que he conocido a Abby, me parece que podríamos haber comido con menos formalismos en la cocina.

–Es cierto. Las mujeres formales no se ponen a cocinar en cuanto entran en una casa –declaró Max–. No hay problema. Traeré todo aquí.

Mientras tomaban melón con jamón, hablaron de los artistas a los que Abby había conocido.

—He convencido a Abby de que busque otro trabajo en Pennington —dejo Max.

—Echarás de menos la agitación de los espectáculos.

—Supongo —dijo ella—, pero no echaré de menos las crisis de los artistas.

—Mira, al menos Gianni no ha llegado a ese punto aún —rió Max.

—¿Qué tal fue el concierto de Roma? —preguntó David, sirviendo el pollo mientras Max ponía en la mesa patatas y judías para acompañar.

—Un triunfo. Ahora esta ensayando para un especial de Navidad —dijo él—. Abby, la verdura es del huerto de papá.

—¿En serio?

—Sí —declaró orgulloso David—. Desde que me jubilé, me dedico en cuerpo y alma a mi jardín. Una afición heredada de mi padre, que fue quien hizo el trabajo más duro ahí fuera.

—¿Lleva muchos años viviendo en esta casa vuestra familia?

—Mi padre la compró cuando se casó con mi madre, pero ella murió cuando yo era pequeño, y cuando me casé, mi esposa tampoco pasaba mucho tiempo aquí —David intercambió una mirada con Max—. Siempre echaba su Umbría de menos.

—Ya no —dijo Max con sequedad—. Ahora prefiere Venecia.

—Cierto —David sonrió a Abby—. Max me dijo que has estado allí hace poco de visita familiar.

Abby estaba encantada de hablar de su sobrinito y de su hermanita.

—Domenico es el gerente del Forli Palace, pero viven en un piso pequeño en San Marco. Ahora que ha nacido el niño, van a comprar otro más grande.

–¿Y tu hermana no echa esto de menos? –preguntó David.

–Supongo que sí, pero Domenico es un esposo muy atento. Además, este año vendrán a pasar la Navidad aquí, a Stavely.

–Vais a estar muy apretados en Briar Cottage.

–Sí –sonrió ella–. Por eso tendré que encontrar un piso pronto, para estar más desahogados.

Ella no quiso repetir, y se alegró de ello cuando David llevó el pudin.

–Tienes que comer esto, porque también viene de mi huerto –declaró David.

Y le puso delante un bol de frambuesas con nata que ella no pudo rechazar, gesto que su anfitrión apreció mucho.

–Lleva a Abby al salón, Max –pidió David–. Yo haré el café.

Abby no tuvo tiempo de observar la bella sala de altos techos y mobiliario antiguo, porque Max la tomó en sus brazos y la besó hambriento.

–Lo necesitaba –se excusó–. Llevo una semana sin verte, estaba deseando hacerlo –y le dio su bolso–. Supongo que querrás arreglarte –dijo, travieso.

–Lo tenías todo planeado –lo acusó ella.

Él sonrió y levantó las cejas mientras ella iba al espejo de encima de la chimenea a arreglarse el maquillaje. En el escritorio que había al lado había muchas fotografías enmarcadas y una de ellas llamó su atención: era una mujer preciosa con un niño pequeño en brazos.

–¿Es tu madre?

Él asintió.

–Qué joven –comentó Abby, mirando el rostro casi

infantil con atención–. Te pareces a ella, mucho más que Gianni.

–Luisa tenía apenas dieciocho años cuando nació Max –dijo David, entrando con una bandeja en las manos–. Pero tuvo un niño que era una copia de ella. La gente siempre lo decía. Debes de estar preguntándote cómo una joven italiana vino a vivir conmigo...

–Pues sí –admitió Abby con sinceridad–, pero no tienes que contarme nada.

–No es ningún secreto –dijo David, alargándole una taza.

–Mi padre enseñaba italiano y francés en la universidad, y Luisa había venido a Londres a trabajar, al restaurante de al lado –dijo Max–. Yo fui producto de un accidente.

Abby se sonrojó y le reprochó sus palabras con la mirada.

–Tiene razón –dijo David, sin más–. Cuando Luisa me dijo que estaba embarazada, nos casamos inmediatamente, pero creo que, puesto que nos casamos en el juzgado y no por la iglesia, ella no se sintió nunca casada del todo conmigo.

Abby sentía cada vez más simpatía por Luisa, una alegre joven encerrada en aquella casa con un hombre mayor, en un país extraño...

–Entonces no se diagnosticaba, pero ahora creo que Luisa sufrió una depresión posparto cuando nació Max, así que volvíamos a Todi siempre que podíamos, que no era mucho, por motivos de tiempo y dinero a partes iguales. Creo que, si no hubiera tenido tanto miedo a volar sola, se habría marchado antes.

–¿Si me hubiera llevado con ella, y hubiera insistido en retenerme, me habrías dejado? –preguntó Max.

–No –dijo su padre con decisión–. No podía retener

a mi mujer si quería marcharse, pero no me habría separado de mi hijo –se volvió hacia Abby–. Espero no aburrirte con historias familiares, pero Max insistió en que debías saberlo.

–Gracias por contármelo –dijo ella, sin comprender por qué Max quería que lo supiera.

–¿Ves la foto donde están dos niños y un hombre muy guapo? –preguntó David.

Ella la buscó con la mirada entre las demás, la mayoría de Max de niño, y la tomó en las manos.

–Es Enzo Falcone, con Gianni y con Max. Fue el amor de juventud de Luisa, y se encontró con él el día que llegó a Todi, por eso no volvió. Un tipo encantador, me caía bien.

–Enséñale a Abby tu colección de música, papá –dijo Max, como deseoso de cambiar de tema.

–¿Lo pasaste bien a pesar de la sorpresa? –preguntó Max de vuelta a casa.

–Desde luego –asintió ella–. Tu padre es encantador, aunque me sorprendió que le contara su historia a una completa desconocida.

–Lo hizo porque yo se lo pedí. Además, le conté algo muy importante antes de que te conociera.

–¿Qué le contaste? –preguntó ella, curiosa.

–Es sobre nuestro encuentro en la carretera de mi casa. Tú me dijiste después que mi rostro te resultaba familiar –dijo él–, pero es porque me parezco a Gianni. Entonces yo no me di cuenta, pero después supe que yo también te conocía.

–¿Cómo?

–Abby, escucha, estoy intentando decir algo muy profundo.

–Lo siento. Continúa.

–Antes de ir a buscarte esta tarde, le conté a mi padre que, cuando me calmé lo suficiente como para mirarte y ver que no te había matado, una voz sonó en mi interior y me dijo: «Despierta, Wingate. Aquí está. Por fin».

Abby lo miró asombrada mientras él sonreía en la penumbra del taxi.

–Tal vez debamos llegar a tu casa para contarte el resto.

–No, dímelo ahora.

–Tú eres la mujer que llevo toda la vida esperando –Max se inclinó y la besó en los labios abiertos–. Abigail Green, quiero estar siempre contigo.

Capítulo 7

MAX estaba apoyado contra la puerta cerrada de la casa de Abby.

—Parece que te has quedado sin habla.

Ella tragó con dificultad.

—Pensé que íbamos a tomárnoslo con calma y ser amigos un tiempo.

—Una buena respuesta —su mirada se endureció.

—Max, por favor —dijo ella, tomándole la mano—. Siéntate y escúchame.

—Te escucho.

Aquello iba a ser difícil y Abby eligió bien sus palabras.

—Si tenemos una relación permanente, tú esperarías que tuviéramos sexo —dijo ella, por fin, mirándose las uñas de los pies.

—Una suposición razonable —asintió él secamente.

—Claro —tragó de nuevo—. Pero aunque yo esté enamorada de ti, tal vez eso no sea posible jamás.

Ella notó cómo él se ponía tenso al oír la palabra «enamorada».

—¿Por qué no? —preguntó él, acercándose más a ella—. En Briar Cottage no estuvimos tan lejos.

—Es cierto. Te deseaba de verdad, o no te habría pedido que me hicieras el amor. Por eso quiero ser sincera contigo, Max, porque no había sentido algo así con ningún otro hombre. Normalmente no paso de los besos –suspiró–. Pero contigo, creí que podría. Por eso intenté seducirte, pero eso tampoco salió bien.

–Yo no diría tanto. Funcionó bastante bien –dijo él, muy serio–. Pero cuando llegó el momento decisivo, no pudiste seguir adelante, aunque –se detuvo un momento– estés «enamorada de mí». ¿Es eso cierto?

–Sí, Max. Tal vez tenga un problema con el sexo, pero no miento –Abby se dejó caer en el sofá con los hombros hundidos–. Por eso es tan deprimente... tengo la impresión de que, si no puedo hacerlo contigo, no podré con nadie. Y no es que quiera hacerlo con nadie más, sino... bueno, ya sabes qué quiero decir.

–Te entiendo –él le rodeó la cintura y, como ella no se apartaba, la atrajo hacia sí–. Está claro que has tenido una mala experiencia. No me gustaría hacer más preguntas delicadas, pero...

–Sé lo que vas a decir –interrumpió ella, resignada–. No se trata de una violación –sintió que él se relajaba–, sino de un hombre poco cuidadoso que me quitó todas las ganas. Se quedó sorprendido de que fuera mi primera vez, pero no pudo parar. Después se disculpó.

–Un poco tarde –repuso Max, con rabia–. Supongo que continuaría alegremente con su vida después sin saber el daño que te había hecho.

–Sí –murmuró ella–. Después, conocí a Sadie, le conté todo y ella me recomendó que dijera que tenía novio en mi pueblo. Entonces salíamos en un grupo, y yo era la más pequeña, así que todos me protegían, yo lo pasé muy bien y no tuve problemas con los hombres. Después, ya en Londres, decidí empezar a comportarme como una persona adulta y empezar a salir con hombres. El resultado fue siempre el mismo. Cuando intentaban algo, yo volvía a sentir pánico. Eso fue lo que pasó con Silas, como habrás imaginado –lo miró, como suplicándole algo–. Ahora entiendes por qué mi vida es más fácil sin un hombre en ella, pero yo te quiero a ti en mi vida. Ahora que conoces el problema, ¿estás seguro de que me quieres en la tuya?

–Por supuesto que sí –dijo él, sin pensárselo–. Ningún problema es irresoluble.

–¿Y cómo piensas resolver el mío?

–Igual que se cocina: con mimo y paciencia.

–Gracias, Max. Intentaré no llevar tu paciencia al máximo.

Él sacudió la cabeza.

–No tienes que intentarlo. Un día, el problema se solucionará solo.

–¿Qué haremos hasta entonces?

–Ir poco a poco. Primero, quiero conocer a tu madre y que ella se acostumbre a mí –le puso un dedo bajo la barbilla para que lo mirara–. Segundo, no puedo prometerte que no te haré el amor... Amor, Abby, no sexo. Me produce, y espero dártelo a ti también, mucho placer sólo besarte, abrazarte y acariciarte sin apresurar las cosas hasta el acto en sí. Eso es lo que te da miedo, así que no llegaremos hasta ahí hasta que no estés lista.

–¿Y si nunca estoy lista?

–Eso es mucho decir –repuso él, y la miró a los ojos–. Tienes que recordar que te quiero. Que te quiero por tu físico, por tu corazón y por tu carácter.

Abby le rodeó el cuello con los brazos y lo besó con apasionada gratitud.

–Yo también te quiero, Max.

Él enterró la cara en su pelo, sus corazones latiendo al compás.

–Ahora que está todo aclarado, ¿te casarás conmigo, Abigail Green?

Ella tomó aliento.

–Lo deseo tanto que me da miedo, pero... ¿Estás seguro de que el riesgo merece la pena?

–Cariño, si me quieres la mitad de lo que yo te quiero a ti, el resultado está garantizado. ¿Puedo tomarme eso como un sí? –preguntó, sonriendo.

–Sí –respondió ella con decisión.

Abby pasó otra tarde de esa semana con Sadie y comió con sus compañeros de trabajo para despedirse el viernes. Después, pasó el día empaquetando sus cosas, listas para guardarlas en el coche de Max al día siguiente.

–¿Lo vas a llevar a casa para que lo conozca mamá? –preguntó Laura por teléfono.

–Claro, además, yo ya conozco a su padre –dijo Abby, y le contó su cena con David Wingate.

–Va en serio, entonces...

–Si me preguntas si estoy enamorada de él, te diré que sí.

–¡Vaya! Estoy deseando conocerlo, y Domenico también.

–Haré lo posible para que tu hermana no quede decepcionada conmigo –dijo Max cuando ella le contó la charla que había tenido con Laura el día anterior–. ¿Ya está todo abajo?

–Sí. Estas cajas son todo lo que poseo en la vida.

–Bien. Entonces, vamos a darnos prisa, porque he aparcado en prohibido.

Cargaron el coche y emprendieron el viaje. Abby sintió que cerraba un capítulo de su vida, pero al estar al lado de Max, no podía sentirse triste.

–¿Qué sabes de Gianni? –preguntó ella.

–Para alegría de su agente, tiene muchas ofertas de trabajo, además de un nuevo contrato de grabación.

–Me alegro del éxito de Gianni, pero me refería a su vida amorosa.

Max sonrió.

–Parece que está muy contento. Luisa está en Venecia y él fue a verla un par de días después del concierto de Roma, pero ahora está en Villa Falcone, ensayando y disfrutando de su historia de amor. Me ha prometido que su novia no está casada ni prometida, pero sigue sin querer decir quién es. Por cierto, está encantado de que seas su *cognata*.

–¡Pero todavía no lo soy!

–¿Entiendes el italiano?

–Cuando me hablan despacio, me las apaño.

–¿Sabes decir «te quiero en Italiano»?

–*Ti amo, Massimo*.

–¿En serio, cariño? –dijo, en un tono que hizo que ella se derritiera.

–Ya tenías que saberlo –susurró, y después suspiró–. El día que fuimos a Kew pensaba demostrártelo. Me había puesto mi ropa interior más sexy, pero cuando empezamos a hablar de matrimonio, se borró de mi mente hasta que me desvestí para meterme en la cama.

Él echó a reír.

–Te dije que esto del sexo no es lo mío.

–No hagas planes, cariño –Max le acarició la rodilla–. Deja que la naturaleza siga su curso.

–Tal vez para entonces te hayas cansado de mí.

–Eso –dijo él poniendo mucho énfasis en sus palabras–, es imposible.

Isabel Green estaba trabajando en el jardín mientras la fresca brisa de la tarde le revolvía el pelo rubio.

Cuando vio aparcar el Range Rover delante de su casa, se incorporó y enseguida vio a Abby saltar del coche para abrazarla.

—Mamá, tienes buen aspecto. Él es Max Wingate —dijo, sonriendo, mientras él caminaba hacia la casa cargado de maletas.

—¿Qué tal está, señor Wingate?

—Bien, gracias, encantado de conocerla. El otro día pasamos por aquí y pude admirar su bello jardín. Por favor, llámeme Max.

—Será mejor que recoja mis cosas lo primero, para que no estén en medio —dijo Abby.

—No te preocupes, cariño, ya lo harás tranquilamente mañana.

Max insistió en subir todo al segundo piso, a la habitación de Laura, y Abby aprovechó para hablar con su madre.

—¿Te gusta?

—¿Es que quieres que me guste? —sonrió Isabel.

—Sí —miró a los ojos a su madre—. Estoy muy enamorada de él y...

Al oír pasos, se calló, y enseguida apareció Max en la puerta.

—¿Queréis tomar algo primero, o nos sentamos a la mesa? —preguntó Isabel—. La cena está lista.

Mientras ponían la mesa, Isabel y Max hablaron de Italia y de la jardinería, afición que Isabel compartía con el padre de Max.

—Desde que se jubiló, mi padre se dedica en cuerpo y alma a su jardín y a viajar.

—Un hombre sensato —comentó Isabel, poniendo un trozo de jamón asado sobre la mesa—. Yo no tardaré en jubilarme, pero no sé si me veo todo el día sin trabajar.

¿Quieres hacer los honores y trinchar la carne? –ofreció a Max.

Él aceptó encantado, y repitió de todos los platos.

–Espero que le haya enseñado a Abby a cocinar así, Isabel –dijo él, con pasión.

–¿Es que te afecta el cómo cocine mi hija, Max? –preguntó Isabel, con toda la intención.

–La verdad es que no –Max se puso muy serio–. Amo a su hija, señora Green, sepa o no cocinar. Pretendía anunciar esto de un modo más sutil, pero lo cierto es que espero que nos dé su bendición, porque le he pedido a su preciosa hija que se case conmigo, y ella ha aceptado.

Isabel abrió mucho los ojos y enseguida abrazó a su hija.

–¡No me habías dicho nada!

–Te había dicho que estaba enamorada de él.

–Cierto, pero no imaginaba que la cosa hubiera llegado tan lejos.

–Supe que la quería en el momento en que la vi –dijo Max.

–Entonces –Isabel se giró para mirarlo, sonriente–, si mi hija te quiere lo suficiente como para querer casarse contigo, tenéis mi bendición. Nos acabamos de conocer, Max, pero me da la impresión de que cuidarás de ella.

–Lo haré. Siempre –dijo él, sin dramatismos.

–En ese caso –su futura suegra levantó su copa de vino–. Brindemos por vuestra felicidad.

Una vez pasado el trago más duro, el resto de la visita de Max fue enormemente feliz para Abby. Después de cenar se sentaron a ver las fotografías que Isabel había traído de Venecia, y Max, aún después de decir que no sabía nada de niños, tuvo que reconocer que Isabella y Marco eran unos niños preciosos.

—Aquí están los cuatro —mostró Isabel—. Isabella tiene a su hermano en brazos.

—Se ve a quién se parece —dijo Max—. Su padre lo pasará mal cuando llegue a la adolescencia —sonrió a Abby y a Isabel—. Seguro que fue duro criar a dos hijas tan guapas...

—Pues sí, tenlo por seguro —asintió Isabel—. Desde luego, ser abuela es mucho más relajado. Disfruto de mis nietos, pero después, puedo devolvérselos a sus padres. Es perfecto.

Max se levantó para marcharse, e invitó a Isabel a pasar el día siguiente con él y con Abby en su casa.

—Oh, es muy amable por tu parte, pero ya tengo planes para comer.

—¿Has quedado con alguien a quien conozca yo? —preguntó Abby.

—Gente nueva de Down End —Isabel sonrió a Max—. Me marcharé a ver la televisión a mi habitación. Puedes quedarte cuanto quieras, Max, aún es pronto.

—Gracias, Isabel. La próxima vez vendré mejor vestido para degustar tus platos —dijo, disculpándose por los vaqueros que se había puesto para acarrear las cajas de Abby.

Abby se despidió de su madre con un beso y se sentó de nuevo en el sofá con Max.

—Todo ha ido bien —dijo ella alegremente.

—Sí—Max sonrió—. Mi padre me dijo que le gustaría conocer a tu madre, y sugirió que os lleve un día a comer a Kew. ¿Qué crees que le parecerá a tu madre?

—Seguro que está encantada —Abby lo miró, preocupada.

—¿Qué te preocupa, cariño?

—Deseo mucho casarme contigo —declaró ella, sacudiendo la cabeza–, pero no lo haré hasta que haya conseguido vencer a mi dragón particular.

–Tienes que relajarte, Abby. Nadie te está presionando a nada más que a que vengas a mi casa mañana.

–¿Es allí donde viviremos si...?

–No, «Si», no... «cuando» nos casemos –corrigió él.

–Tal vez debamos probar a vivir juntos... tal vez así todo sea más fácil.

–¿Acabar con los dragones?

–No, acabar con la relación.

–¿Siempre eres igual de pesimista con todo?

–Me considero más bien, realista.

–¿Tu madre sabe todo esto?

–Sabe lo del fiasco inicial, pero no el efecto que produjo.

–Tal vez debas hablar con ella.

–¿Qué dices? ¿En serio? –ella no podía estar más sorprendida–. No podría hablar con ella de mi vida sexual, ni tampoco de la suya, si es que la tuviera.

–Abby, tu madre es una mujer muy atractiva... ¿no crees que ha podido estar con algún hombre en este tiempo?

–Ni me lo he planteado –admitió ella.

–Pues yo estoy seguro de que mi padre no ha llevado una vida monacal todos estos años, aunque yo no haya sabido nada.

–¡Ves! Tú tampoco hablas de estas cosas con él.

Él levantó la mano en gesto de derrota.

–Entonces, háblalo con Laura.

–No podría... Tendría que pedirle que no se lo contara a Domenico, y eso no es justo.

–Entonces estamos solos tú y yo, cariño– Max la besó dulcemente, y después no tan dulcemente.

Abby separó los labios y él empezó a acariciarla con urgencia hasta que ella respondió a su frenesí, que escaló hasta un punto en que él tuvo que apelar a todo su autocontrol.

—Esto no es justo —dijo él.

Pero ella se acercó más y siguió besándolo.

—Seguro que lo que te excita es el riesgo de ser descubiertos —comentó Max.

—Tal vez, pero ¿por qué no me puedo sentir así cuando estamos solos?

—Lo harás —le prometió, y le tomó la mano para que se levantara con él.

—Buen consuelo —repuso ella mientras él se ponía la chaqueta de cuero—. Nunca me había sentido así con nadie.

—Claro que no —le acarició el pelo—. Los demás no te importaban.

—Es verdad —y sonrió tan radiantemente, que él quedó deslumbrado—. Pero estoy locamente enamorada de ti, Max Wingate.

—Repite eso mañana cuando estemos solos.

—¿Qué ocurrirá entonces?

—Repítelo, y lo sabrás.

Max vivía en una casa del siglo XIX, pero el interior no era tan austero como Abby imaginó. Todas las habitaciones estaban amuebladas lujosamente. Lo que más la impresionó fue la enorme cama de la habitación principal.

—Ahí podrían dormir cuatro personas —comentó, impresionada.

—Pero es sólo para nosotros dos, aunque no ahora

–y le tomó la mano para mostrarle su estudio, donde tenía los ordenadores y mesas de diseño.

–Si no hubiera venido yo, ¿estarías trabajando?

–Probablemente –la besó suavemente–. Pero voy a pasar todo el día sin hacer nada.

Comieron en la moderna cocina de Max y después leyeron juntos el periódico del domingo en su cómodo sofá. Abby se quedó dormida sobre el hombro de Max.

–Lo siento –dijo, cuando despertó sobresaltada–. Vaya invitada...

–No te preocupes. Roncas muy bajito.

–¡Yo no ronco!

–¿Cómo lo sabes? –bromeó él.

Ella echó a reír.

–No lo sé. ¿Y tú?

–No ha habido quejas al respecto.

Abby entrecerró los ojos.

–Olvidaba que tú sí habías tenido relaciones serias. ¿Vivió ella aquí?

–No. Fue algo que acabó por sí solo, debido a la distancia y al esfuerzo que tuve que hacer al principio para levantar el negocio. Desde entonces, las mujeres de mis socios me invitan a cenar cada dos por tres para emparejarme con alguien, como hacía Rachel contigo. Pero tú estarás aquí cuando les invitemos a cenar, y verán que ya estoy prometido.

–¿Lo dices en serio?

–Claro, pero no tienes que tener miedo –dijo él, al ver su cara de susto–. Había pensado que, como tú no estás trabajando y yo tuve que acortar mi estancia en Italia, podríamos ir a pasar un fin de semana largo a Todi y aprovechar lo que queda de buen tiempo. Yo tengo que elegir unos materiales con Aldo Zanini.

Abby lo miró, con la mente trabajando a toda prisa.

–Es una idea tentadora –dijo, y se quedó pensándolo un momento–. Acepto. Cuando empiece a trabajar, tendré muy poco tiempo para escapadas.

El resto de la semana no pudieron verse, pero Max llamaba a Abby todas las noches, hasta el sábado, que fue temprano a recogerla para llevarla al aeropuerto.

Ella estaba preparada cuando él llegó y salió corriendo de casa con su maleta en la mano.

–¿Me has echado de menos? –le preguntó él después de abrazarla.

–Sí –dijo ella, y era la verdad.

Había pasado los días buscando trabajo, ayudando a Rachel con sus planes de boda, y a su madre con las cosas de la casa, pero había decidido que la vida ociosa no era para ella.

–Tengo que encontrar trabajo pronto.

–¿Te preocupa el tema económico? –preguntó él, arrancando el coche.

–No. Es un trabajo lo que necesito, no dinero. Pero algo saldrá...

Volaron a Florencia y allí tomaron un tren para Perugia, desde donde fueron en el coche que Max había alquilado.

–¿Estás cansada? –preguntó él de camino.

–Sí, pero también tengo hambre –Abby sonrió–. ¿Qué te parece si compramos unos tomates, queso y pan y hacemos un picnic delante de esa estupenda chimenea?

–Me parece estupendo –asintió Max–. Tal vez logres convencerme de que encienda el fuego.

Abby lo miró sorprendida.

–¿Crees que hará tanto frío?

–Allí arriba puede bajar mucho la temperatura.

–¿Le has dicho a Gianni que veníamos?

–No. Esta vez, te quiero sólo para mí. Podremos verlo en otro momento.

Después de parar en Todi, cuando llegaron a casa estaba anocheciendo.

–Ya hemos llegado –Max apagó el motor y se inclinó para besarla–. Bienvenida a mi refugio, como lo llama Gianni.

Max condujo a Abby a la cocina y ella se quedó asombrada por cómo se había mantenido la esencia del lugar a pesar de todos los aparatos modernos.

–Me alegro de que te guste –dijo él–. Yo duermo en el piso superior –explicó–. Tú puedes quedarte en una de las habitaciones de invitados en el piso inferior. Pero no te entretengas mucho en el baño, ¡tengo hambre!

Max la condujo hasta una puerta en el extremo del pasillo más alejado del rellano, pero se detuvo en seco en cuanto la abrió. Abby, con los ojos como platos, pudo captar algo de la escena. Era una habitación encantadora, con altos techos con vigas vistas y una cama con dosel de gasa tras el cual se veían dos cuerpos desnudos entrelazados apenas cubiertos con la colcha.

Capítulo 8

MAX se retiró lentamente y tomó a Abby de la mano para bajar las escaleras.

—Está claro que conoces a la chica —dijo ella cuando llegaron a la sala, llena de curiosidad—. No te quedes ahí, riéndote. ¿Quién es?

—¡Renata!

—¿Tu limpiadora? —Abby no salía de su asombro—. Pero es muy joven; yo me imaginaba que sería alguien como Rosa.

—Cuando le pregunté a Rosa por alguien de confianza para ayudarme aquí arriba, me dijo que su sobrina Renata, que la ayudaba a veces en Villa Falcone, estaría muy contenta de disponer de un poco de dinero. Renata estudia música.

—¿Música? ¿Es cantante también?

—No, al menos que yo sepa. Renata estudia piano.

—Mejor —sonrió Abby—. Así podrá acompañar a Gianni en sus ensayos y demás.

—¡Parece que están centrados en el «demás»! —Max se puso serio de repente—. Oh, cielos. No puedo ni imaginarme cómo se pondrá Luisa cuando lo sepa. Ella quería a alguien mucho más elevado en la escala social que Renata Berni.

En ese momento, entró Gianni como un torbellino, hablándole a su hermano en rápido italiano, con el pelo revuelto y las mejillas sonrojadas, hasta que vio a Abby.

–Lo siento, no sabía... –se pasó una mano por el pelo–. ¿Nos has visto, Abby?

–Pues claro que sí –dijo Max, sin piedad–. Estaba mostrándole a Abby su habitación, pero estaba ocupada.

Gianni se puso aún más rojo y miró a Max directamente a la cara.

–Te devolveré tu llave si quieres.

–Claro que no. Además, Renata tiene otra. ¿Dónde está ella?

–Poniendo sábanas limpias, para evitar verte –respondió Gianni–. No sólo está avergonzada, sino que también teme perder su trabajo.

–Tiene otras cosas que temer, a nuestra madre, por ejemplo –dijo Max con aspereza–. Pero dile que no se preocupe en lo que mí respecta.

–¿Por qué no le dices que baje? –pidió Abby–. Me gustaría conocerla.

Gianni subió a toda prisa a por ella y Max se pasó la mano por el pelo.

–No puedo creerlo. Conoce a Renata desde que eran pequeños. Su madre murió cuando ella era muy pequeña y su tía Rosa se encargó de ella, así que la traía a la villa de cuando en cuando.

–¿Es guapa?

–De pequeña era una niña flaca con trenzas, pero a día de hoy, la palabra «guapa» no sirve para describir a Renata.

Cuando Gianni condujo a la chica al salón, Abby comprendió las palabras de Max. Aunque estaba llorosa y avergonzada, el pelo rizado le enmarcaba un precioso rostro de ojos oscuros y labios de fresa. Era preciosa.

–No te enfades, Max –dijo Gianni, rodeándola, protector, con el brazo.

–Claro que no –dijo Max, impaciente, y se volvió a la chica–. Renata, hablaré inglés, así que escucha con atención. No tienes que temer por tu trabajo aquí. Ahora, deja que te presente a Abigail Green, la mujer con la que me voy a casar.

La chica se relajó con las palabras de Max y sonrió a Abby a la vez que susurraba.

–*Piacere*. Enhorabuena.

–Gracias, Renata –respondió Abby con calidez–. Max me ha dicho que eres pianista.

–Sólo soy una estudiante, pero puedo ayudar a Gianni –dijo ella, mirándolo como si lo adorara.

–Renata tiene mucho talento –añadió Gianni orgulloso, y la abrazó–. Estamos enamorados.

–Nosotros lo entendemos –dijo Max–, pero Luisa no lo hará. Al menos, no es una mujer casada, que era el mayor de mis temores.

–Sí que está casada –dijo Gianni, y le habló a la chica en italiano hasta que ella, algo dubitativa, mostró una cadena de oro debajo de la camiseta.

Max y Abby se quedaron mirando en silencio el anillo liso de oro que colgaba de ella.

–¿Qué ha pasado aquí? –preguntó Max.

–Renata es mi esposa –declaró Gianni, orgulloso–. Como ahora soy conocido, su padre no quería dejarme verla. Decía que la convertiría en mi amante y después la repudiaría. Por eso convencí a Renata de que nos casáramos para que su padre no pudiera separarnos. Por eso nos encontrábamos aquí en secreto.

–A mí eso no me importa –Max sacudió la cabeza–, pero os arriesgáis mucho.

–Pero es normal que compruebe cómo está la casa de mi hermano, ¿no? Además, a veces venía en el coche de Rosa y Renata escondía su bici en el cobertizo.

–¿O sea, que Rosa está en el secreto?

–Claro –aclaró Gianni, bajó la atenta aunque preo-cupada mirada de Renata–. Ella fue la única que vino a la boda, y nos ayudó a buscar un cura que nos casara. Fue un amigo suyo, en Rávena.

–Estupendo –declaró Max, secamente–. ¿Y cuándo piensas decírselo a Luisa?

–Ahora tengo muchos compromisos, así que pen-saba esperar a Navidad, cuando ella venga a Villa Fal-cone –sonrió travieso a Max–. ¿Te gustaría acompa-ñarnos?

–¡Nada de eso! Si estoy presente cuando le cuentes todo, encontrará el modo de culparme a mí –replicó Max, y se volvió a Renata con una sonrisa–. Bienve-nida a la familia, *cara*. Gianni es un hombre con suerte por tenerte.

Abby les deseó mucha felicidad y la besó también.

–Max también es un hombre con suerte –comentó Gianni–. Y además, está en deuda conmigo. ¡Fui yo el que os unió!

Fue una larga despedida, y al final, Max llevó a Re-nata al pueblo, a pesar de la insistencia de Gianni en hacerlo él mismo. Cuando volvió, Abby lo estaba es-perando.

–¿Romeo y Julieta ya están cada uno en su casa?

–Sí –dijo él con una sonrisa–. ¿Quieres bañarte an-tes de cenar? Sube y yo iré encendiendo el fuego. Siento haber tardado

–No te preocupes. Mis visitas a este lugar son muy movidas –rió ella, subiendo las escaleras.

Llevó su maleta a la habitación donde antes estu-vieron los amantes. Renata la había dejado impecable. Abby se duchó a toda prisa y bajó pocos minutos des-pués en vaqueros y con un grueso jersey rojo.

—Tenías razón —le dijo al llegar a su lado—. ¡Sí que hace frío! Ese fuego tiene una pinta estupenda.

—Tú también —dijo Max, añadiendo otro tronco a las llamas—. Siéntate, iré por la comida.

—Me encanta este sitio...

—En ese caso, vendremos aquí de luna de miel.

Ella no sintió pánico al pensarlo, sino todo lo contrario.

—Buena idea.

Cenaron frente al fuego, acurrucados en el sofá, observando el crepitar de las llamas.

—Abby —dijo él, después de un rato comiendo en silencio—, acabo de darme cuenta de que, hace no mucho tiempo, no te conocía. Gianni tiene razón: estoy en deuda con él.

—En ese caso, tal vez tengamos que venir y prestarle nuestro apoyo cuando le confiese todo a tu madre.

—¿Quieres hacerlo? —él estaba impresionado.

—Sí, aunque no creo que me apruebe a mí más que a Renata. Yo tampoco pertenezco a la alta sociedad.

—A Luisa no le importa con quién me case yo —Max torció el gesto—. Y tampoco me importa a mí lo que piense.

Abby suspiró.

—Es una pena, Max... lo de tu relación con tu madre. En esa foto que vi parecíais muy unidos.

—Pero no me quería lo suficiente como para quedarse conmigo.

—Tu padre dijo que le pidió que le dejara llevarte con ella.

—Es verdad —Max atizó el fuego.

—Me gustaría conocerla. Al menos, verla una vez.

—Si esa vez coincide con la confesión de Gianni, ten

por seguro que será la última que la veas –rió él–. Te contaré su historia para que la comprendas mejor.

Mientras recogían los restos de la cena, Max le contó que su madre era hija de campesinos, pero ella quería prosperar e ir a la universidad. Sus padres querían que fuese una chica de campo más, pero ella conoció a Enzo, un calavera. Su padre se enfadó mucho y la mandó a Londres a trabajar en el restaurante de un hermano suyo, cerca de la universidad donde David enseñaba idiomas.

–Fascinante historia –comentó ella.

–Cuando mi madre se volvió a encontrar con Enzo, él había hecho fortuna, pero se habrían casado igual siendo pobres, porque se amaban con locura. Cuando él murió, Luisa se volcó en Gianni, pero ahora tendrá que asumir que él está casado y que Renata es su esposa.

–También tendrá que asumirlo el padre de Renata.

–Cierto, y eso tampoco será tarea fácil. Luisa no tiene buena reputación aquí, porque abandonó a su esposo inglés y a su hijo, y pronto se quedó embarazada de otro hombre. Por eso ahora vive en Venecia, donde nadie conoce su pasado.

–No es un pasado tan terrible –replicó ella–, y además, a mí me parece una historia muy romántica.

–Supongo que lo es –Max la levantó sobre su regazo y la besó con pasión–. Pero estoy más interesado en nuestra historia.

–Yo también –dijo ella, conteniendo un bostezo, porque era el efecto que las llamas siempre tenían sobre ella.

–Estás cansada.

–Sí, pero quiero quedarme así un rato –dijo ella en un susurro–. Es difícil de creer lo que han cambiado nuestras vidas desde la primera vez que vi esta sala.

–Es verdad –admitió él–. Cuando construí esta casa, sabía que faltaba algo, pero no sabía qué era. Ahora que te tengo, ya no me falta nada.

–Te quiero, Max Wingate –dijo ella.

–Y yo a ti –la puso de pie y se levantó él también–. Pero es hora de ir a dormir. Vamos, te acompañaré a tu habitación.

La dejó en su habitación y, después de un beso de buenas noches, Max subió a la suya.

A la mañana siguiente, ella se despertó oliendo el suave aroma del café recién hecho. Abrió los ojos y vio a Max a su lado, sonriendo, con una taza en las manos.

–*Buon giorno*, querida. ¿Has dormido bien?

–Buenos días. Muy bien, ¿y tú?

–También –al ver que llevaba un grueso suéter de rugby, él preguntó–. ¿Duermes siempre con esa ropa?

–No, pero anoche tenía frío –dijo, sonriéndole–. Estuve a punto de meterme en tu cama.

–No te habría rechazado –le aseguró él–. No soy un santo, Abby.

–¡Bien! –Abby apuró el café y le pasó la taza–. Dame unos minutos y bajaré contigo.

Cuando Abby llegó a la cocina, Max había preparado zumo y tostadas, pero ella comió a toda prisa, impaciente por recorrer la casa.

–¡Vamos! Ahora que hay luz, quiero ver la vista desde todas las ventanas de la casa.

Cada ventana ofrecía una panorámica diferente de las demás, y Max la siguió sonriente por toda la casa hasta que llegaron a la habitación principal en el piso superior. Abby miró de reojo la pintura abstracta que colgaba sobre la cama, y corrió a la terraza cubierta para admirar el paisaje que se abría a sus pies.

–¡Vaya! Tenías razón. Es la mejor vista de todas –se asomó un poco más por la barandilla–. Desde aquí se puede ver la piscina.

–Si quieres, podemos sentarnos allí luego. Seguro que la temperatura acompaña –propuso Max–. ¿Te gusta mi casa, entonces?

–Me encanta, pero esto debe costarte una fortuna...

–Enzo me dejó suficiente dinero para reparar la casa y mantenerla, así que no tengo que alquilarla y es sólo para que la disfrutemos nosotros, o mi padre, o tu familia.

–Y Gianni y Renata... –Abby contuvo la risa.

–Luisa va a matarlo cuando se entere –comentó Max sacudiendo la cabeza–. Vamos, tenemos que ir a la compra.

Tras las murallas de Todi, pasearon mientras compraban algunas cosas para comer y decidieron quedarse a almorzar en una pizzería. Cuando volvieron a casa, Max sugirió que Abby se echara una siesta.

–Yo tengo que ir a ver a Aldo para echar un vistazo a esos materiales que ha encontrado para el patio –pero al entrar en la cocina, se quedó parado.

Sobre la mesa dos fuentes, una con albóndigas en salsa de tomate, y otra de *strangozzi,* la pasta típica de la zona. Max tomó una nota que había junto a los platos.

–Renata espera que esta comida sea de nuestro agrado para la cena y nos pide disculpas por el mal rato de ayer.

Abby sacudió la cabeza, maravillada.

–Esa chica es un portento: preciosa, buena pianista y además sabe cocinar. ¡No me extraña que Gianni no haya querido dejarla escapar!

Max le dio un beso de despedida, mirándola con dudas.

—No me gusta dejarte sola. ¿Seguro que no quieres venir conmigo?

—Sí. Me he traído un par de libros, así que puedo leer mientras estés fuera —le sonrió—. Hasta ahora.

Abby fue a su habitación, observó el precioso atardecer sobre los viñedos desde su ventana y se tumbó un rato en la cama para leer. Después, se duchó y se puso los pantalones dorados con el top negro y un toque de lápiz de labios. Mientras se cepillaba el pelo, oyó ruido en el piso de abajo. Max estaba de vuelta. Salió de su cuarto descalza, corrió por el pasillo hacia las escaleras, pero se detuvo en seco al llegar a éstas. Una mujer joven, elegantemente vestida, de pelo moreno, estaba en el recibidor mirando hacia el salón. Al oír a Abby, la miró con unos ojos negros que le resultaron muy familiares.

Capítulo 9

ABBY bajó las escaleras obedeciendo el gesto imperioso de Luisa, aunque no entendiera nada de lo que le decía en airado italiano. La mujer estaba enfadada, y Abby deseó que Max volviera pronto, pero hasta entonces, tendría que manejar la situación sola.

—Lo siento, no la entiendo. No hablo italiano.

Luisa se quedó callada un momento, mirándola con incredulidad.

—Soy inglesa. Me llamo Abigail Green.

—¿Eres tú quien está con mi hijo?

—Sí. Él ha salido un momento, pero volverá enseguida.

—¡No importa! —Luisa la miró casi rabiosa—. He venido a verte a ti. Te prohíbo que te encuentres con mi hijo en secreto. ¡No permitiré que arruines toda su vida! —entrecerró los ojos y continuó—. Si es dinero lo que quieres...

—¡Basta! —ordenó una voz grave, y Abby vio a Max salir de la cocina—. Has cometido un error vergonzante, madre.

—¿Massimo? —Luisa lo miró con los ojos muy abiertos—. ¿Qué haces aquí?

—Ésta es mi casa —dijo él lentamente—. Más bien eres tú la que tiene que dar explicaciones.

Dos miradas idénticas chocaron, pero Luisa fue la primera en rendirse.

—Le pedí a Rosa que me diera la llave. Vine a hacerle una visita sorpresa, y al no encontrarlo en casa, pensé que estaría aquí —se explicó—. Sé que viene a menudo, y creo que es aquí donde se encuentra con su novia —se llevó las manos al pecho—. Max, esto tiene que acabar. No dejaré que arruine su carrera.

—Gianni tiene veinticinco años y es económicamente independiente, además de que su carrera va muy bien —apuntó Max—. Asúmelo, madre, él puede vivir su vida.

—Tú siempre lo defiendes a él, no a mí —dijo su madre amargamente—. Yo sólo quiero lo mejor para él.

—O lo que tú crees que es mejor para él —Max tomó a Abby de la mano—. Si puedes dejar de pensar en Gianni por un segundo, me gustaría presentarte a mi prometida, Abigail Green.

Luisa levantó las cejas, sorprendida. Pareció perder el habla un segundo.

—*Piacere* —dijo, por fin—. Siento que nos hayamos conocido en circunstancias tan desagradables, pero Max no me informa de sus planes.

—¿Quiere que nos sentemos y tomemos una copa de vino? —ofreció Abby.

—No, tengo que marcharme —Luisa se volvió hacia Max—. ¿Puedo llamar a un taxi desde aquí?

—No hace falta, yo te llevaré.

—*Grazie* —y Luisa se despidió de Abby—. Espero que volvamos a vernos.

—Espero que sí.

Cuando se marcharon, Abby se alegró de que la bella mujer no hubiera llegado el día anterior, cuando los amantes estaban en la casa. La pobre Renata no era rival para una mujer tan dura. De todos modos, sería una pena si Luisa Falcone se negaba a aceptar a la mujer de Gianni, pues entonces perdería a sus dos hijos.

Max tardó en volver y Abby pasó el rato leyendo. Cuando el llegó, tenía tan mala cara, que ella lo creyó enfermo.

–¿Estás bien?

–No –sonrió con tanta tristeza, que a ella se le partió el corazón–. Siento haberte dejado sola tanto tiempo. ¿Te importa que vaya a ducharme antes de cenar? Necesito relajarme un poco. No te preocupes –le dijo–. Siempre necesito un rato para recuperarme después de ver a Luisa.

–Tómate el tiempo que necesites –dijo ella, sonriendo para reconfortarlo.

Max le acarició la cara y subió las escaleras lentamente. Al cabo de media hora, Abby decidió subir y apremiarle un poco, y al abrir la puerta de su cuarto, lo encontró a oscuras, tendido desnudo boca abajo sobre la cama con la cara hundida en los brazos.

Al ver cómo se sacudía, Abby comprendió que estaba llorando. Por eso se acercó de puntillas hasta el borde de la cama y le acarició el pelo húmedo. Como no la apartó, hizo gala de gran coraje y se tumbó a su lado y lo abrazó contra su pecho para reconfortarlo hasta que él la rodeó con los brazos mientras sus lágrimas mojaban el top de Abby. Ella lo besó en la frente y le levantó la cabeza para que la mirara. Entonces sintió un escalofrío y sus labios se encontraron; el la besó con frenesí y desesperación, y ella lo respondió de igual manera. Max recorrió su cuerpo con sus manos atrayéndola contra él, buscando bajo su top, y pronto empezó a quitarle la ropa hasta que estuvo desnuda en sus brazos.

Max gimió al notar su piel desnuda contra la de ella, pero Abby lo sujetó y lamió las lágrimas de sus mejillas mientras le acariciaba la espalda desnuda. Él le besó el cuello y bajó hacia sus pechos haciendo que ella se estremeciera de placer e impaciencia al empezar a mordisquearle los pezones. Ella sólo pudo contener el aliento y subir las caderas buscando su erección Jadeando, Max la puso de espaldas y se colocó sobre ella mirándola a los ojos en silenciosa pregunta. Abby respondió buscando su boca, el cuerpo tembloroso de deseo mientras él le acariciaba los muslos, como esperando una señal. Esa señal llegó cuando sintió sus uñas clavarse sobre sus hombros, cuando ella arqueó el cuerpo contra él y dijo, sin rastro de pánico:

—Ahora.

Max la besó triunfante mientras entraba en ella y Abby lo aceptaba entero en su cuerpo. Pero Max fue cuidadoso y lo hizo lentamente, hasta que ella descubrió lo que en realidad era convertirse en un mismo ser. Entonces fue cuando dejó de pensar con cordura, cuando él empezó a moverse y Abby gimió y lo acompañó, algo dubitativa al principio. Pero pronto alcanzaron un ritmo seductor que cada vez se aceleró más hasta que ella llegó a su primer clímax. Max la sujetó hasta que él se derrumbó sobre ella y hundió la cara entre sus pechos.

Max se tumbó de espaldas y la abrazó, y así estuvieron un rato, asimilando su placer, hasta que ella dijo:

—¿Por qué estabas llorando?

—Cariño —respondió él, acariciándole el pelo—, aún no puedo hablar de eso. Primero tengo que convencerme de que no estaba soñando.

—Si lo estabas, yo estaba contigo.

—¿No has sentido pánico?

–Un poco –dijo ella, después de pensarlo un momento–. Pero sólo cuando creí que tú llegarías antes que yo –se echó a reír, relajada–. Es curioso, pero antes pensaba que no sabía si lo notaría cuando tuviera un orgasmo. ¿Esto pasa siempre?

–Para mí, sí, y yo haré que para ti también –respondió él, y la cubrió de besos.

En ese momento, el estómago de Abby protestó enérgicamente.

–Que sonido tan poco romántico –murmuró ella, algo avergonzada.

Max echó a reír y la levantó de la cama para llevarla al baño con él.

La experiencia de ducharse acompañada también era nueva para Abby, y disfrutó mucho, aunque de no ser por el hambre que tenían, habría acabado llevándolos a la cama de nuevo.

–Es extraño –comentó ella mientras calentaban poco después la comida–. Antes, no podía soportar el sexo, y ahora creo que podría hacerme adicta.

–Abby, el sexo es algo de una noche. Las personas que se aman hacen el amor.

–Pues, si hacer el amor tiene siempre este efecto sobre mi apetito, creo que voy a ganar peso –rió.

–Mejor –él la miró con ojos lascivos–. Así tendré más Abby para besar.

Ella sacudió la cabeza.

–Sigo sin creer que por fin ocurriera –dijo ella, sacudiendo la cabeza–. Pensé que nunca podría hacerlo.

–Yo sabía que ocurriría –declaró él–. Si no, el destino no te habría puesto en mi camino –Max la miró muy serio–. Pero como todo ha sido tan rápido, he olvidado usar protección.

–No te preocupes, yo estoy preparada –y al ver si

cara de sorpresa, siguió–. Laura se ocupó de eso cuando fui a la universidad.

–Chica lista.

Cuando acabaron de cenar, Abby miró el reloj y se sorprendió de lo tarde que era.

–Creo que tomaré un vaso de agua y me lo llevaré a la cama –dijo.

–¿A qué cama? –preguntó él, esperando su respuesta.

–A la tuya –dijo ella, sin pensar, y se mordió el labio–. Si no te importa, claro.

–Abby llevo desde el momento que te vi deseándote en mi cama, aunque, a ser posible, me gustaría que no te pusieras esa sudadera de rugby.

–Ah, si me quieres a mí, tienes que querer a mi sudadera –rió ella.

–En ese caso, la adoro –sacó una botella del frigorífico y se la pasó–. Aquí está el agua, vamos a la cama.

Abby fue primero a su habitación y cumplió en tiempo récord con su rutina de antes de acostarse. Después, subió a la habitación de Max y se metió en su cama mientras él se aseaba.

Max apagó la luz del baño, vestido con un albornoz, y al verla exclamó:

–Mira quién está en mi cama.

–No soy Ricitos de Oro, precisamente –respondió ella, algo nerviosa.

–No, es una princesa de cabellos negros –se sentó a su lado–. Pensé que te habías arrepentido.

–No, sólo quería cumplir con los rituales femeninos de antes de acostarnos –sonrió ella–, pero ahora pienso que nunca he dormido con nadie. Espero no ser mala compañera de cama.

–No te preocupes por eso –y al ver que ella estaba

tapada con las mantas hasta la barbilla, preguntó–. ¿Tienes frío?

–No –y añadió–. ¿Vas a seguir toda la noche charlando o vas a venir a la cama de una vez?

Max rió, apartó las mantas y se quedó muy quieto.

–Estás desnuda.

–Supuse que me preferirías así –susurró ella, y alargó los brazos hacia él.

Él se quitó el albornoz y, en vez de echarse sobre ella, como hubiera deseado, se acostó a su lado y la acarició.

–Eres increíble, Abigail Green –susurró–. ¿Tienes idea de lo que significa encontrarte así?

–Espero que te guste...

–¿Gustarme? ¡Mucho más que eso! Pero –y la miró a los ojos–. Si quieres que te abrace y nos durmamos, lo haré. De algún modo.

–Pero quieres hacerme el amor de nuevo –sonrió ella–. Eso no lo puedes ocultar.

–No, brujita –dijo cuando ella apretó sus caderas contra él–. Intentaba ser caballeroso, pero al demonio con eso. Te deseo.

–Yo también te deseo –jadeó ella–, y nunca creí que le diría eso a ningún hombre.

–El destino predispuso que me esperaras –declaró él antes de empezar a besarla.

Un rato después, cuando Abby estaba abrazada a él pensando en lo deliciosa que era aquella sensación, se dio cuenta de que no se dormiría hasta que respondiera a la pregunta que le rondaba la cabeza.

–¿Max?

–¿Qué ocurre, cariño?

–¿Por qué llorabas?

Capítulo 10

MAX no se inmutó. Sólo la tensión de sus músculos reflejaba que había oído la pregunta.

—No tienes que decírmelo si es muy doloroso —dijo ella rápidamente.

—Quiero que lo sepas —replicó él, negando con la cabeza—. Pero antes estaba demasiado reciente.

—¿Ocurrió algo con tu madre de camino a Villa Falcone?

—No de camino, sino en la casa —Max tomó aliento—. Cuando llegamos, Gianni ya estaba allí. Luisa corrió a sus brazos y le prohibió echarse en brazos de una chica tonta que destrozaría su carrera. Gianni la miró con tal desprecio, que Luisa estuvo a punto de desmayarse, y entonces fue cuando le contó que estaba casado, y con quién. Por un momento, sentí lástima por ella —dijo Max—. Se quedó destrozada. Yo iba a marcharme cuando Luisa se volvió hacia mí y me culpó por animar a Gianni a arruinar su vida.

—Lo que tú decías que haría.

—Gianni le dijo que yo no sabía nada, pero entonces ella, negándose a creerlo, soltó su noticia: dijo que tenía que haberlo cuidado más, porque somos de la misma sangre. Según ella, David Wingate no es mi padre.

Abby se cubrió la boca con la mano y se acercó más a él.

—¿Y la crees?

–Creo que es muy posible. Se casó con mi padre muy poco tiempo después de llegar a Londres. Además, Enzo me trató siempre como a un hijo, así que todo cuadra.

–Pero eso no significa nada, Max –repuso Abby–. David te crió, y él no te habría dejado marchar de ningún modo.

–Te quiero, Abby –dijo él en voz baja, algo más relajado–. No sé qué he hecho para merecer a alguien tan perfecto como tú.

–Yo no soy perfecta, Max.

–Para mí sí lo eres –su voz tomó un tono más burlón–. Sobre todo desde que solucionamos tu pequeño problema. Y todo por echarme a llorar... No había llorado así desde que tenía diez años, y entonces también fue por Luisa.

–¿Hablarás de esto con tu padre?

–Sí. No es que me importe la respuesta. Para mí, él es mi padre y siempre lo será –rió brevemente y sacudió la cabeza–. Pero también quería mucho a Enzo.

–Entonces tienes suerte de haberlos tenido a los dos en tu vida. Yo no recuerdo a mi padre.

–A él no puedo devolvértelo –le acarició la mejilla–, pero sí puedo darte un marido.

A la mañana siguiente, cuando Abby se despertó, Max la estaba mirando.

–Buenos días, querida –le dijo–. ¿Qué tal has dormido?

–Como un tronco –rió ella–. ¿Y tú?

–También.

Entre bromas y caricias, se ducharon y bajaron a

desayunar mientras planificaban su día. El desayuno se alargó tanto, que iban por la segunda cafetera cuando oyeron el ruido de un motor en el exterior.

–Es el Lamborghini de Gianni –dijo Max, y fue a abrirle la puerta–. *Com' estai?* ¿Qué tal va todo ahí abajo?

–¡Tengo algo que contaros! –Gianni estaba radiante–. Rosa va a preparar una comida de celebración, y *mamma* se está vistiendo para impresionar al padre de Renata. Abby –añadió–, estás preciosa esta mañana.

–Está preciosa todas las mañanas –corrigió su hermano–. ¿Quieres un café?

–¡*Grazie!* Necesito ayuda para superar el día de hoy. Rosa empezó a cocinar al alba cuando mamá le dijo que Renata y su padre estaban invitados a comer con nosotros... Tal vez vosotros queráis acompañarnos.

–No –declaró Max–. Ya tuve bastante ayer.

Gianni asintió con la cabeza, comprensivo.

–¿Qué pasó cuando me marché? –preguntó Max.

–Ordené a mamá que aceptara a Renata como nuera.

–Pobre Luisa –dijo su hermano–. Ganar dos nueras el mismo día... ¿Pero cómo hiciste para que invitara a Renata y a su padre a comer?

–Le dije que el señor Berni no aceptaba al hijo de Luisa Scotto como marido de su hija –rió Gianni.

–Vaya –exclamó Abby–. ¿Y cómo se lo tomó ella?

–Me lo puedo imaginar –comentó Max–. Ahora se dedicará en cuerpo y alma a convencer al señor Berni de lo buen yerno que será su hijo.

Gianni asintió alegremente.

–Pero sabe que no hay nada que pueda hacer. Cuando Renata venga hoy con él, se traerá todas sus cosas consigo. Esta noche dormirá conmigo en Villa Falcone.

–Hermanito, eres un valiente.

–Basta de hablar de mí –dijo Gianni, levantando una mano–. Debes estar mal, después de lo que dijo mamá ayer. El que mi padre sea también el tuyo, ¿te provoca rechazo?

–Creo que Luisa dijo la verdad, pero no, no me provoca rechazo el que Enzo sea mi padre. Lo quería mucho –Max sonrió–. Lo único malo es que ahora serás mi hermano del todo en lugar de sólo hermanastro.

–Para mí eso no es malo.

Los dos se abrazaron y Gianni se despidió para ir a preparar la comida de celebración.

–Max –dijo Abby cuando Gianni se hubo marchado–, tendríamos que ir a esa comida para mostrar nuestra solidaridad con ellos.

–No –dijo él con sequedad–. Ya es bastante. Quería traerte aquí este fin de semana para estar a solas.

Salieron a tomar el sol junto a la piscina y estuvieron charlando sobre David y Enzo.

–¿Crees que David sabía algo de esto? Recuerda que siempre cenabais con él cuando estaba en Londres.

–No creo, pero mi padre es muy especial, así que... quién sabe –dijo él, pensativo–. Pero fue él quien me animó a venir a Italia todos los veranos y a no perder la relación con Gianni y con mi madre. Con los años, y con la influencia de Enzo, mi odio por mi madre se fue suavizando, pero cuando Enzo murió, la distancia entre nosotros creció de nuevo.

–¿La quieres?

Él se quedó pensativo un momento.

–Supongo que sí.

–¿Y no te duele entonces que el padre de Renata la rechace?

Max se puso tenso.

—Sí, pero no puedo hacer nada al respecto.

—Sí puedes. Podemos ir a esa comida...

—¿No crees que ya tuve suficiente anoche? —él la miraba incrédulo—. ¿Crees que me gustó que me vieras llorar?

—*Fidanzato mio*, míralo de otro modo: si no te hubieras puesto a llorar, yo no habría acudido a consolarte y no habríamos resuelto... mi pequeño problema. Por eso tenemos que estar agradecidos a tu madre.

Él la miró y sonrió.

—Te quiero tanto, que haría cualquier cosa que me pidieras —declaró él—. Si es lo que deseas, iremos a comer a Villa Falcone.

—Es lo que deseo, para apoyar a Gianni en su causa.

—De acuerdo entonces, pero lo hago sólo por ti —dijo—. Iré a llamar a Gianni.

Al verlo entrar en la casa, Abby pensó en la forma en que Luisa miraba a su hijo y en que era hora de echar abajo las barreras.

—Ponte tu vestido de fiesta —dijo él cuando volvió—. Le he dicho a Gianni que iremos como el séptimo de caballería, y que no le dijera nada a Luisa.

Abby se puso el vestido que había llevado en la fiesta de compromiso de Rachel.

—Lo compré en la tienda donde trabaja a Rachel porque me hacen rebaja, pero es de diseño y supongo que es lo más apropiado, ¿no?

—¡Perfecto! —exclamó él.

Abby no se atrevió a confesar sus nervios al salir hacia Villa Falcone, pues había sido idea suya el ir a apoyar a la familia de Max, pero temía haber cometido un error y que aquel encuentro llevara a una pelea entre Luisa y Max.

Cuando se acercaron a la casa, ella quedó impresionada al ver a Luisa sentada muy recta en una de las viejas sillas de ratán de la terraza. Al verlos, ella se puso en pie enseguida, mirándolos con incredulidad.

—Massimo...

—*Buon giorno, mamma* —él dudó un segundo antes de abrazarla amablemente—. Pensamos que os vendría bien un poco de apoyo para la comida. ¿Os importa que seamos dos más?

Los ojos de Luisa se llenaron de lágrimas y sonrió a Abby agradecida cuando ésta le pasó un pañuelo.

—*Grazie* —y acarició a su hijo en la mejilla—. Y gracias a ti también, hijo mío. ¿Podrás perdonarme? Fui muy cruel contigo. ¿Le has contado todo a Abigail?

—Sí, ya lo sabe.

—Creo que has sido tú quien convenció a Max para que viniera —le dijo—. Pensé que no lo volvería a ver.

—Yo no quería venir, pero Abby me recordó que el señor Berni no aprueba a mi hermano en su familia, y eso no lo puedo permitir.

Luisa sonrió y besó a Abby.

—Gracias, *cara*.

—Sube a arreglarte el maquillaje, mamá. El señor Berni estará pronto aquí.

—*E vero* —dijo—. Le diré a Rosa que habéis venido e iré a buscar una cosa a mi habitación. Ofrécele una copa de vino a Abby, tesoro.

—Hacía mucho que no me llamaba así —sonrió Max.

—Has estado impresionante —confesó Abby—. Cuando la llamaste *mamma* se iluminó como un árbol de Navidad.

—Todo gracias a ti.

Cuando Luisa volvió con ellos, traía algo en las manos.

–Tal vez prefieras uno nuevo, Abby, pero Max, esto es para que se lo des a tu bella *fidanzata*, si quieres. Es el anillo que me dio tu padre.

–¿Qué padre? –preguntó él con cara sombría, tomando el anillo.

–David, por supuesto –miró a Abby y añadió–. Tengo que deciros esto antes de que lleguen los demás. Cuando Max nació, era muy pequeño. Los médicos dijeron que era prematuro, y tardamos muchas semanas en poder llevárnoslo a casa. Si es cierto que era prematuro, podía ser hijo de David. En caso contrario, de Enzo. Me arrepiento de lo que te dije ayer y sé que no es culpa tuya que Gianni se haya casado con Renata –Luisa se encogió de hombros–. Además, yo no puedo quejarme de eso. Mi origen es más humilde aún que el suyo.

Se oyó un coche acercándose.

–Probablemente será Gianni –dijo Max, y miró a Abby y al anillo.

Ella asintió y se probó el anillo.

–Le queda perfecto –dijo Max–. ¿Te gusta, cariño?

–¡Me encanta! –y Abby lo besó y después abrazó a Luisa–. Es precioso, pero además tiene valor sentimental. Gracias.

–Traté de devolvérselo a David cuando... cuando nos separamos, pero él me dijo que me lo quedara por los años que pasamos juntos. ¿Lo conoces, Abby?

–Sí. Es encantador.

–Desde luego –sonrió Luisa–.

–Pero amabas a Enzo.

–Desde niños –dijo ella, con la cara ensombrecida–. Y aún lo quiero.

En ese momento apareció el señor Berni, seguido de Gianni y Renata.

Luisa hizo las presentaciones y todo se desarrolló con estricta formalidad.

Gianni fue a besar a Abby y a darle las gracias por su presencia, con Renata a su lado, tan bonita con su vestido rosa que habría sido difícil hasta para el corazón más duro rechazarla.

Comieron bajo la pérgola de la terraza, y todo fue tan bien, que Rosa se unió a ellos por expreso deseo de Gianni, y éste y Renata interpretaron un aria para amenizar la tarde.

—Fue buena idea invitar a Gianni a cantar —dijo Abby cuando Max y ella volvían a casa—. Si tu madre albergaba aún dudas sobre Renata, se le habrá ablandado el corazón al oírla tocar.

—Sí —asintió él—. Fue muy emotivo, además.

—Me preguntó qué pasará en mi próxima visita a este lugar —sonrió Abby—. ¡Tiene que ser muy espectacular para superar este fin de semana!

—La próxima vez que vengamos, será nuestra luna de miel, y te prometo que será espectacular.

—Fantástico, pero para eso tenemos que casarnos primero.

Cuando llegaron a casa, decidieron acostarse enseguida, pues era tarde y al día siguiente salían de viaje temprano. Abby fue a cumplir con su ritual, y él la esperó arriba. Ella se puso un camisón que guardaba para los viajes y la bata encima, y fue a su habitación. Cuando él la vio, entró en el baño sin decir nada, y al salir llevaba puestos sus boxers.

—Veo que ahora vamos a hablar —dijo él.

Abby sonrió.

—Por eso me he puesto el camisón. Aunque tengo

poca experiencia en estas cosas, imaginé que hablar sería más difícil si estuviéramos desnudos.

Él echó a reír y se acostó a su lado.

—¿De qué quieres hablar?

—Me gustaría saber qué hablabas con tu madre al despedirnos.

—La invité a venir a mi casa de Pennington.

—¡Es fantástico, Max!, pero pensé que ella no montaba en avión.

—Cuando le dije que podía ir a la boda en tren, fue cosa hecha. Además, piensa pedirle a Gianni que cante en la ceremonia.

—¿Y Gianni querrá hacerlo?

—Ahora que *mamma* ha aceptado a Renata en la familia, hará cualquier cosa por ella —Max se acercó más al ella—. Pero hablemos de lo que quiero yo...

—¿Qué quieres? —dijo Abby, sonriendo expectante.

—¡A ti!

Capítulo 11

EL VIAJE fue largo y agotador, y llegaron tarde a Briar Cottage, así que Max saludó brevemente a Isabel y se marchó.

—Me muero por una taza de té, mamá —dijo Abby a su madre—. La próxima vez, me llevaré té.

—¿Entonces, habrá próxima vez?

—Desde luego —los ojos de Abby se iluminaron—. El siguiente viaje será nuestra luna de miel. La madre de Max me dio el anillo que le regaló su padre a ella, así que el compromiso es oficial.

Isabel parpadeó al ver la joya y abrazó con fuerza a su hija.

—Mañana vendrá Max a cenar para que nos des tu bendición oficial, pero no tienes que preocuparte, pues yo cocinaré.

Mientras cenaban, Abby le contó a su madre la historia de Gianni y el resto de anécdotas del fin de semana, hasta que empezó a bostezar sin remedio.

—Antes de que te vayas a la cama —dijo Isabel—, yo también tengo noticias. Sé de un trabajo que tal vez te interese.

—¿De qué se trata?

—El sábado me encontré a tu antiguo jefe, el coronel Granger, de Millwood House, y está buscando una sustituta para la señora Ellison, que se jubila. Ella es la asistente de administración.

–¡Sería fantástico trabajar allí de nuevo! Además, está muy cerca de Pennington.

–¿Te irás a vivir enseguida con Max?

–Creo que prefiero esperar a la boda... que creo que será pronto –Abby se sonrojó levemente–. Mañana tengo que llamar a Laura para contárselo, y después al coronel.

–Será mejor que hables con Rachel también.

–Desde luego.

–¡Fantástico! –exclamó Rachel cuando se lo contó–. ¡Podríamos tener una boda doble!

–¿Y dejar que me hagas sombra? ¡Nada de eso!

–Imposible, pero al menos, tienes que venir a la tienda a comprar el vestido. Le diré a Heloise que te haga un buen descuento.

–Esa oferta no puedo rechazarla. ¿Nos vemos luego? Puedo pasar por allí y tomar un café contigo.

Laura quedó tan encantada con las noticias como Rachel.

–¿Estás contenta, cielo? ¿Contenta de verdad, quiero decir?

–Muy contenta. Creo que tengo mucha suerte.

–Pienso que es Max el que tiene suerte. Llamaré a Domenico ahora mismo para avisarle de que quiero el vestido más impresionante que haya en Venecia.

–¿Crees que Isabella querrá ser mi damita de honor?

–¡Estará encantada! Y yo también. ¿Y mamá? ¿Cómo lo lleva?

–Está muy contenta también –y Abby se despidió de su hermana, porque tenía que llevar a su madre al trabajo antes de ir a ver al coronel.

Abby se arregló cuidadosamente para la entrevista, y llegó bien de tiempo a la propiedad, así que pudo conducir despacio a través de los jardines habitados por ciervos donde los árboles empezaban a tomar los colores encendidos del otoño. Pasó frente a la impresionante fachada de la mansión y aparcó junto a otros coches, al lado del edificio que servía como oficinas y restaurante. Al abrir la puerta, vio a la señora Ellison hablando con el coronel.

La entrevista fue muy distinta a todas las demás que había mantenido. Aquellas personas la conocían desde pequeña, pero eso no iría a su favor si buscaban a alguien de más edad para el puesto. Ella habló de su experiencia en la empresa de Simon y de su cualificación académica, y la señora Ellison le explicó en qué consistía el trabajo, que era básicamente en la gestión de la mansión como restaurante, hotel y sala de conciertos.

—No sé cómo puede jubilarse, señora Ellison–dijo Abby–. Suena estupendamente.

—También es cansado, querida, y se necesita sangre más joven que la mía para el puesto –le dijo la mujer.

El coronel y ella se miraron, y el primero se incorporó para hablar.

—Abby, creo que la señora Ellison está de acuerdo conmigo en que tu experiencia y tu conocimiento de esta casa te hacen la persona más adecuada para el puesto, así que nos encantaría tenerte aquí con nosotros.

—Muchas gracias, coronel –dijo ella, nerviosa–. Acepto encantada.

—¿Cuándo puedes empezar?

—Mañana mismo, si quieren –Abby dudó un segundo–. Pero antes de firmar nada, tienen que saber algo: parece un poco descarado exponerlo tan pronto, pero me voy a casar próximamente y necesitaré dos semanas libres para mi luna de miel.

Rachel se volvió loca al ver su anillo. Fueron juntas a una cafetería cercana a la tienda donde ella trabajaba, y Rachel le contó sus planes para la boda.

–Se me olvidaba preguntarte por la entrevista –dijo, cuando paró a tomar aliento.

–¡Me han dado el trabajo! –y Abby le describió en qué consistiría su trabajo en Millwood House.

–¡Enhorabuena! Y... –añadió Rachel–. ¿Cuándo vas a venir a buscar vestidos de boda? –antes de que Abby pudiera responder, vio a un hombre vestido de traje que entraba en el café–. ¡Marcus!

Él caminó hacia ellas sonriendo.

–Buenos días, chicas. Tu jefe me dijo que estabas aquí, Rachel –besó a su hermana en la mejilla–. ¿Os importa que me una a vosotras?

–Claro que no –y Rachel enseguida llamó a la camarera.

–¿No deberías estar en Londres? –preguntó Abby.

–Esta semana tengo que trabajar en los juzgados de Pennington –sonrió él–. ¿Cómo estás, Abby? Rachel me ha dicho que debo darte la enhorabuena.

–Sí, gracias.

–Supongo que vas a casarte con ese hombre tan posesivo que te acompañó a la fiesta.

–Max Wingate –asintió ella.

–Voy a pedir otra ronda de café, chicas –dijo él, llamando a la camarera.

–Para mí no, tengo que irme ya –dijo Rachel, levantándose casi a toda prisa.

–Yo también –dijo Abby.

–Quédate un rato y relájate mientras puedas –ordenó Rachel antes de besarla a su hermano y a ella y salir corriendo por la puerta–. ¿Pagas por mí, Marcus?

–Nunca cambiará –dijo él–. Siempre me ha extrañado que mi hermana y tú seáis tan buenas amigas. Sois muy distintas.

–La quiero mucho –respondió Abby con sencillez.

–Cuéntame lo de tu nuevo trabajo –pidió él.

Ella le hizo una sencilla descripción del puesto y se levantó.

–No me quedaré al café, Marcus. Tengo cosas que hacer, así que será mejor que me marche.

–Un placer inesperado el verte, Abby. Felicita a Wingate de mi parte. Dile que es un hombre afortunado –se levantó y le tomó la mano–. Le envidio.

Abby levantó una ceja como si no le creyera, y se marchó.

Cuando llegó a casa a Stavely, aparcó el Mini detrás de un todoterreno y entró cargada de bolsas hasta la cocina para encontrar allí a su madre tomando té con un hombre desconocido para ella.

–Hola, querida –saludó Isabel alegremente–. Te presento a Lewis Clive. Él me ayuda a cuidar del jardín.

–Encantado de conocerte –saludó el desconocido de ojos azules y rostro amable y atractivo–. He oído hablar mucho de ti.

–¿En serio?

–¿Qué tal la entrevista, hija? –preguntó Isabel, mirando a su asombrada hija.

–Muy bien. Me han dado el trabajo –informó ella, alegre–. Empiezo mañana a las nueve.

–¡Qué rapidez! –exclamó su madre, abrazándola.

—Será mejor que os deje para que lo celebréis —dijo Lewis Clive rápidamente—. Enhorabuena, Abby, espero que volvamos a vernos pronto.

Isabel lo acompañó fuera, y cuando volvió, Abby la esperaba con mirada divertida.

—¿Señora Green? ¿Tiene algo que contarme?

Para su sorpresa, su madre se sonrojó.

—Lewis es el dueño de la empresa de jardinería que contraté, y pasa de vez en cuando a ver cómo va el trabajo. Hace unos meses se trasladó a Down End, y nos llevamos bastante bien.

—Oh, entonces fue con él con quién comiste hace dos domingos.

—Sí.

—¿Y, sois más que amigos?

—Podría decirse que sí.

—Max tenía razón en lo de tu vida sexual.

—¿Cómo? —Isabel se sonrojo indignada—. ¿Por qué hablas tú con Max de eso?

—Porque yo estaba pasando por dificultades en mi vida sexual y Max me dijo que debería hablar contigo de eso. No te enfades.

—Estoy avergonzada, no enfadada —acarició a su hija en la mejilla—. ¿Sigues con esas dificultades, cariño?

—Ya no. Sólo se trataba de encontrar al hombre adecuado —Abby sonrió soñadora.

—Y ese hombre es Max. Lo sabía desde que lo vi.

—¡Basta de charla! Tenemos que ponernos a cocinar.

Max llegó puntual como siempre, cargado con champán y rosas para Isabel, y Abby se echó a sus brazos nada más verlo.

—¡Ya tengo trabajo!

—¿En serio? ¿Tan rápido? –dijo él, riendo.

Abby le puso al corriente durante la cena.

—¿No le importará a ese coronel que te vayas dos semanas nada más empezar?

—Ya lo hablé con él, y como la señora Ellison no deja el puesto hasta Navidad, no habrá problema –comentó ella–. No puedo creer que haya sido tan fácil.

Isabel les recordó que tenían que leer las amonestaciones siete semanas antes de la boda, así que tendrían que esperar ese tiempo como mínimo para casarse, cosa que disgustó un poco a Max. Además, tendrían que comprobar las fechas libres de Gianni.

Después de cenar, Isabel los dejó solos y lo primero que hizo Abby fue contarle a Max a quién acababa de conocer.

—Hoy he conocido al hombre que ayuda a mi madre con el jardín.

—Bueno, es normal que la ayuden –dijo él, sin acabar de comprender.

—Sólo estuve con él unos minutos, pero me cayó bien. Y eso es bueno, porque es «muy buen amigo» de mamá.

—¿Cómo de buen amigo? –preguntó Max.

—Lo suficientemente bueno como para no tener que preocuparse de qué hacer cuando se jubile.

—¡Le recomiendo la afición de mi padre! Por cierto, te manda un abrazo. Vendrá el viernes a pasar el fin de semana. ¿Quieres venir a cenar con nosotros?

Abby sacudió la cabeza.

—Será mejor que tú pases la noche con tu padre, y yo tenga tiempo para recuperarme de mi larga jornada laboral. Podemos comer juntos el sábado, o podéis venir aquí a comer con mamá.

–Mejor aún, ¿Qué te parece si os llevo a los tres al Chesterton?

–Hecho. Le preguntaré si está libre.

–Tenme al corriente –Max la sentó sobre su regazo–. Y ahora, *fidanzata mia*, necesito que me demuestres tu amor para que aguante hasta el sábado. Mañana y el jueves tengo cenas de trabajo. ¿Y tú, qué harás?

–Yo tenía una vida antes de conocerte, Max Wingate –rió ella–. Supongo que intentaré recuperarme de un duro día de trabajo.

–Perfecto. Entonces, deja de hablar y bésame.

Al día siguiente, el coronel le presentó a todos sus compañeros de trabajo, nuevos y ya conocidos, y recorrió la casa con la señora Ellison. Era como si nunca se hubiera marchado de allí.

–Tenemos un concierto de gala dentro de dos semanas –le informó la señora Ellison–, y tu ayuda nos vendrá estupendamente. Intentamos traer a ese nuevo tenor italiano, pero no tenía fechas libres.

–Giancarlo Falcone. Ahora está muy demandado; me costó mucho conseguir que firmara para Hadley Enterprises para el próximo verano –asintió Abby, pero luego sonrió–. Pero, entre nosotras, le diré que cantará en mi boda.

–¿Cómo has conseguido eso? –preguntó la mujer asombrada.

–Es el hermano de mi prometido, y su madre insistió en que cantara, así que sólo tenemos que elegir una fecha para la boda en la que esté libre –le contó ella, excitada.

–¿Dónde te vas a casar, querida?

–En la iglesia de Stavely, pero aún no tenemos fecha.

–Si aún no lo tienes confirmado, ¿qué te parecería casarte aquí? –la señora Ellison buscó la disponibilidad en el ordenador y le mostró el calendario–. Puedes elegir la mayor parte de noviembre o principios de diciembre. Después, la cosa se complica. Tenemos una boda aquí el viernes, así que puedes ver si te gusta, y decides, pero todo se puede organizar desde aquí, y tú sólo tendrás que encontrar un vestido y alguien que acompañe a tu tenor en nuestro piano de cola.

–No hay problema, la esposa de Gianni es pianista.

–¡Estupendo!

–¿Qué te parece la idea, mamá? –preguntó Abby esa noche cuando llegó a casa.

–Querida, es tu día, así que tú lo tienes que elegir. Con Max, por supuesto, pero no creo que a él le importe el cómo o el dónde, mientras sea pronto.

A Max le pareció bien cuando se lo contó por teléfono.

–Estupendo, pero que sea pronto.

–Haré lo que pueda –rió ella, recordando las palabras de su madre–. Pásalo bien esta noche.

–No se yo... Mi idea de pasarlo bien es cena para dos cerca de mi cama, donde pueda hacerte el amor toda la noche.

–Oh, sí –dijo ella, con el pulso acelerado.

A la mañana siguiente, Abby le pidió consejo al coronel sobre los concesionarios de coches usados de la zona.

–A mi madre no le gusta que venga en bici, y no puedo seguir usando su Mini.

Él pareció sorprendido.

–Oh, debiste mencionar tus problemas de transporte. Creí que el Mini era tuyo.

–Por desgracia, no. Tengo que comprarme mi propio coche.

–Hasta entonces, puedes usar una de las furgonetas de Millwood House, si no te importa conducir un vehículo grande con el logo de la casa.

–¡Oh, me encantaría! ¡Me será de gran ayuda!

–Ve a administración y diles que te preparen una. Estará lista mañana.

Cuando Abby llegó a casa, su madre estaba lista para salir, pero le dio tiempo a contarle todo.

–Qué amable el coronel, pero podías seguir usando el Mini.

–Te lo agradezco, pero no puedo seguir condicionándote así. ¿Qué plan tienes esta noche?

–Cena para dos con Lewis en Down End. ¡No me esperes levantada!

Abby sonrió y fue a prepararse algo para cenar. Después, probó a llamar a Sadie mientras esperaba la llamada de Max.

–¡Por fin! –dijo cuando su amiga contestó–. ¡Estaba aburrida de oír tu contestador!

–No estaba en la ciudad. ¿Por qué no me dejaste un mensaje?

–Quería contarte esto directamente. ¿Estás lista? ¡Me voy a casar!

Sadie gritó de alegría y después empezó a disparar una pregunta tras otra hasta que lo supo todo.

–¿Significa eso que has solucionado tus problemas? –preguntó con delicadeza.

—Gracias a Max. ¡Estoy tan contenta, Sadie!

—Estupendo. ¡Tengo que comprarme un vestido!

Eran las diez cuando Abby oyó que llamaban a la puerta. Frunció el ceño. Era muy pronto para ser su madre, y no solía recibir visitas a esas horas.

—¿Quién es? —preguntó.

—Soy Max. Déjame entrar.

Ella abrió la puerta de par en par, pero su sonrisa desapareció al ver su rostro adusto.

—¿Qué pasa? ¿Han cancelado la cena?

—No. Acabamos pronto.

Max cerró la puerta y Abby volvió al sofá, pues estaba claro que él no la iba a besar. Las alarmas empezaron a sonar en su cabeza.

—¿Te apetece tomar algo?

—No —respondió el, la mirada dura, sin querer sentarse.

—Está claro que algo va mal, así que será mejor que me lo cuentes cuanto antes.

—Bien. Quiero respuestas a algunas preguntas —entrecerró los ojos—. Esta noche, en la cena, ha estado Marcus Kent. Después de felicitarme por el compromiso, me dijo que había estado tomando un café contigo. No me dijiste nada.

—No te dije nada porque yo en realidad, quedé con Rachel. Él apareció allí y apenas estuve con él unos minutos.

—Pues no ha dejado de decirme lo enamorada que estabas de él de adolescente, que él lo sabía de sobra y le halagaba. Al parecer, de adolescente tenías las piernas muy largas y resultabas de lo más atractiva. Y él no era ningún santo, como ha dicho. Y, ahora que te has convertido en una mujer preciosa, espera que aprecie la suerte que tengo.

–¿Eso es todo? –preguntó ella en voz baja.

Él se encogió de hombros.

–Podrías haberme llamado para contarme una bobada así.

–Tenía que ver tu cara al contarte algo que a mí me parece muy importante –le espetó–. Dime la verdad, Abby. Marcus Kent fue el «chico» que te violó, ¿verdad?

Abby lo miró en silencio un momento y después se encogió lentamente de hombros.

–Sí, fue él.

–¿Y por qué no lo denunciaste? –Max parecía mareado.

–¿Cómo iba a hacerlo? Era el hermano de Rachel... además, no fue violación.

–Cuando un hombre varios años mayor fuerza a la amiga de su hermana a acostarse con él, ¿qué otro nombre se le aplica? –dijo él, apretando los puños.

–Como él te dijo, yo estaba locamente enamorada de él entonces, así que al principio no hubo fuerza.

–Dime lo que ocurrió.

–¿Quieres los detalles? –preguntó ella, asombrada.

–Sí –dijo–. Todo.

–Al principio, estaba muy nerviosa y alegre cuando empezó a besarme. Los chicos que me gustaban no se fijaban en mí, y como era novata en esas cosas, no sabía lo mucho que se podían descontrolar. Aquella noche llevaba falda, y cuando empezó a quitarme la ropa interior, me quedé helada e intenté pararlo. El efecto fue el contrario, porque eso pareció excitarlo aún más. Marcus era fuerte, y se echó sobre mí. Sentí un profundo dolor y pronto cayó sobre mí como un peso muerto, murmurando disculpas, y todo se acabó.

Max se sentó, como si no pudiera tenerse en pie más tiempo.

—¿Sabe cómo eso te afectó después?

—Claro que no.

—¿Lo volviste a ver?

—No. Él vivía en Londres y yo me fui a Cambridge, así que rara vez nos veíamos.

—¿Y si lo intentara de nuevo? ¿Qué le dirías?

Sus ojos llamearon de ira.

—¿Quieres decir que ahora que sé lo bueno que puede ser el sexo, tal vez quiera acostarme con él? Si es así, no puedes estar más equivocado. Nunca dejaría que me volviera a tocar, por una buena razón: de aquella horrible experiencia salió un embarazo. ¿Crees que dejaría que volviera a ocurrir?

Capítulo 12

MAX se quedó pálido.

—¿Tuviste un hijo suyo?

—No por mucho tiempo —ella frunció los labios.

—¿Quieres decir que lo diste en adopción?

—No. Lo perdí —Abby se abrazó a sí misma, temblando al recordar aquello—. Quedé muy traumatizada cuando supe que estaba embarazada. Yo no había tenido nunca novio, así que habría sido difícil de explicar. De repente, y por culpa de Marcus, me vi ante la posibilidad de tener que dejar mi alojamiento en el Trinity College y con la vida hecha pedazos. Rachel era mi mejor amiga y confidente, así que no podía decirle a nadie lo que me pasaba. Después de varias semanas de desesperación, le dije a mi madre que pasaría el domingo con Rachel, tomé un autobús a Londres y le pedí a Laura que me ayudara a encontrar un lugar donde abortar.

Max hizo una mueca.

—¿Y lo hizo?

—Ella no tenía ni idea de qué hacer al respecto, y por suerte, no tuvo que hacer nada. De camino a Londres empecé a sentirme tan mal, que pensé que el test de embarazo se había equivocado y que me estaba bajando el periodo. Al recordar aquello no sé cómo pude ser tan estúpida. No sé cómo, logré llegar al piso de

Laura, en Bow –Abby apartó la vista–. Y allí perdí al niño.

–Ese bastardo debería pagar por todo el daño que ha hecho –exclamó Max con rabia.

–¡No!

–¿Es que aún lo proteges?

–A quien estoy protegiendo es a Rachel y al señor Kent, no a Marcus –respondió ella–. Ambos lo adoran y, al fin y al cabo, es un buen hijo y buen hermano. Lo que ocurrió conmigo fue un accidente del pasado, y en el pasado se va a quedar.

–¿Aunque ese bastardo te produjera tal aversión al sexo que te podía haber arruinado la vida? –preguntó Max, y se puso en pie para empezar a andar por la cocina, como una fiera presa–. Si lo hubiera sabido, esta noche lo habría hecho pedazos.

–Eso no lo dices tú, sino tu testosterona. Es abogado y puede hacerte más daño en los tribunales del que tú pudieras haberle hecho con los puños –señaló ella, pragmática.

Él la rodeó. Sus ojos echaban chispas.

–¿Cómo demonios puedes estar tan tranquila con todo este asunto?

–¡Son años de práctica! Fui Cambridge decidida a hacer lo que Laura y mi madre me decían: dejarlo atrás y seguir con mi vida.

–¿Así que Isabel sabe todo esto?

–Claro. Fue estupenda conmigo, igual que Laura.

Max se quedó mirándola en silencio un momento.

–¿Lo sabe alguien más? –preguntó por fin.

–Sadie Morris sabe lo de la agresión, pero no quién lo hizo ni que me quedé embarazada. Domenico es la única persona que sabe toda la historia. Su reacción fue muy parecida a la tuya al principio, pero una vez que lo superó, se volvió muy protector conmigo. Aún lo es –Abby se levantó y miró a Max advirtiéndole que no la tocara. Se quitó el anillo de Luisa de la mano y se lo ofreció–. Ahora que sabes que no soy perfecta, ni de lejos, será mejor que te dé esto.

Max lo miró, y una oleada de pánico lo recorrió.

–¿Qué demonios estás diciendo, Abby?

–Sólo que te está costando asimilar mi historia –torció el gesto–. Sé sincero, Max. No puedes evitar preguntarte si la pequeña Abby con sus piernas largas y su minifalda llegó demasiado lejos aquella noche en su provocación y consiguió más de lo que ella habría deseado.

–Incluso si así fuera, te comprendería –repuso él en voz baja–. Te gustaba Kent desde hacía mucho tiempo y probablemente le enviaste señales que él interpretó mal.

–¡Nada de eso! –ella lo miró incrédula–. No tiene sentido insistir al respecto, puesto que pareces mucho más inclinado a creer a Marcus que a mí.

–¡Eso no es cierto!

–Es la impresión que me da, Max –dijo ella, cansada, y le ofreció de nuevo el anillo–. Tómalo, por favor.

–¿Vas a dejar que ese hombre se interponga entre nosotros?

–Yo no, pero tú sí –sonrió tristemente–. Dijiste que nada podría separarme de ti, pero Marcus Kent lo ha hecho sin tener que mover ni un dedo.

–¿Ibas a contarme lo del niño? –preguntó él, ignorando sus palabras.

–No.

–¿Y no crees que yo tenía derecho a saberlo? –replicó, apretando los dientes.

–Me preocupaba cómo pudieras tomártelo. Y tenía

razón. El aceptarme, con todos mis defectos y virtudes, era mucho más fácil en la teoría que en la práctica –Abby se levantó y dejó el anillo sobre la mesita que había junto a él–. ¿Te importaría irte ya? Me gustaría meterme en la cama... he tenido un día duro.

Max se levantó con cara de remordimiento.

–Abby, perdóname. Olvidé preguntarte por el nuevo trabajo.

–Estabas demasiado ocupado con tus acusaciones –ella se encogió de hombros, desdeñosa–. Puesto que por fin me preguntas, te diré que he disfrutado mucho más del día que de la noche, Max. Y no te perdono. Nada –Abby fue hacia las escaleras, pues no quería que él la viera llorar–. Márchate, por favor.

–Abby, espera –Max intentó agarrarle la mano, pero ella se libró de él y corrió a su habitación.

Para Max Wingate era raro perder en algo. Su instinto le decía que echara a correr tras Abby, que la abrazara y la convenciera de que la quería tanto, que nada podría cambiar sus sentimientos. En aquel momento ella no querría escucharlo, y mucho menos creerlo. Por eso sería mejor marcharse a casa e intentar hablar con ella al día siguiente. Lo malo era que sería imposible dormir cuando sabía que ella estaría llorando desconsoladamente. Subió las escaleras de dos en dos, pero al intentar abrir su puerta, vio que estaba cerrada. Llamó y esperó.

–Abby, déjame entrar, por favor.

No hubo respuesta. ¿Qué hacer? No podía echar la puerta abajo, ya tenía bastantes problemas. Cuando levantó la mano para volver a llamar, la puerta se abrió y allí estaba Abby, mirándolo con rabia y los ojos rojos.

–Tal vez el sexo fuera la cura a tus problemas, pero no lo es para mí, Max Wingate, así que ¡piérdete!

Y antes de poder protestar, ella ya le había cerrado la puerta en las narices y cerrado con llave.

Cuando él se giró, vio a Isabel Green, que estaba en la entrada mirándolo con cara de sorpresa.

—¿Max? Abby no me dijo que fueras a venir esta noche.

Él se pasó una mano por el pelo.

—La cena acabó pronto y vine a ver a Abby. Hemos tenido una pelea y no quiere hablar conmigo.

Sus ojos color topacio se mantenían serenos.

—¿Quieres contármelo?

—La verdad es que te agradecería unos minutos...

—Claro. Vamos a la cocina. Te prepararé un café o lo que quieras.

—No, gracias. Creo que no puedo tragar ni eso ahora mismo.

—Tan mal están las cosas... Vamos a la salita, entonces —en ese momento, Isabel vio el anillo brillando sobre la mesita—. Oh, ¿Abby te lo ha devuelto?

—Sí, pero yo me he negado a aceptarlo.

—Parece serio —suspiró—. Será mejor que te sientes y me digas si hay algo que yo pueda hacer.

Max le contó la historia en pocas palabras.

—Pienso que fuera lo que fuera lo que pasó aquella noche, no fue para nada culpa de Abby, pero cuando lo hablamos, no me salió así. Dios, lo he estropeado todo, pero me niego a que algo tan insignificante como eso nos separe, Isabel.

—Para Abby, el que tú pienses que ella incitó a Marcus es muy importante —Isabel lo miraba a los ojos—. Él estuvo a punto de destrozarle la vida entonces. ¿Dejarás que todo se repita?

—¡Claro que no! —se puso en pie—. Intenté hablar con Abby para aclarar las cosas.

–Pero te cerró la puerta en las narices...

–Sí. Y no me deja acercarme, pero me mata verla así. Por Dios, sube y consuélala, Isabel.

Ella le dio unos golpecitos en el brazo para tranquilizarlo.

–Subiré a verla enseguida, pero sería mejor que tú te fueras a dormir. ¿Vas a venir mañana?

Él sacudió la cabeza, apesadumbrado.

–No puedo. Mi padre llega de Londres.

–Claro. Se supone que el sábado comeremos todos juntos –le sonrió–. Ahora ya no parece que eso vaya a suceder. Llama a Abby mañana.

–Claro. Pero me gustaría que le dieras un mensaje de mi parte. Dile que la quiero.

A la mañana siguiente Isabel llevó a Abby hasta Millwood House antes de ir al colegio.

–Creo que deberías haber hablado con Max cuando llamó esta mañana.

–No quiero hablar con él. Además, no puedo hacerlo sin ponerme a llorar, y ya tengo suficiente mala cara.

–Dile al coronel que te has resfriado –dijo Isabel con amabilidad–. Y, si al final no dispones de la furgoneta, llámame y yo pasaré a buscarte esta noche.

Abby le dio un beso, agradecida.

–Gracias, mamá. Prometo estar más alegre para cuando vuelva a casa.

Pero puesto que se pasó la mayor parte del tiempo supervisando los preparativos de una boda para ese mismo día, la promesa resultó algo difícil de mantener. Siguiendo las instrucciones de la señora Ellison, Abby habló con la gente del catering, revisó las mesas y las flores de la capilla, que en el pasado fue el lugar de culto privado de los habitantes de Millwood House. Fue bonito, pensó Abby. Aunque eso ya no importara en absoluto.

–¿Te gustaría algo así para tu boda, Abby?

Mientras volvía a casa conduciendo la furgoneta azul con el logo de Millwood House, Abby se decía que era una posibilidad, pero ya no era probable. Tal vez había esperado demasiado de Max; al fin y al cabo, era humano, y no podía culparlo por tener dudas. Pero lo estaba haciendo, al fin y al cabo.

Todo era muy injusto, pensó girando en su calle; se había sentido emocionada y halagada cuando Marcus la había invitado a ir a aquel concierto, y también cuando él le había dado un beso de buenas noches, pero después, todo se había convertido en una pesadilla.

Cuando llegó a Briar Cottage, se quedó fuera un momento pensando en el incidente que tanto había luchado por apartar de su memoria. ¿Acaso tenía Max razón? ¿Era posible que hubiera provocado a Marcus sin darse cuenta? Aunque así hubiera sido, lo había pagado con creces más tarde. Y seguía haciéndolo.

Cuando Abby entró en casa, Isabel suspiró aliviada.

–Tienes mucho mejor aspecto, cariño. Ve a la sala y te sentirás mucho mejor.

Un enorme ramo de rosas inundaba de color la habitación.

–Esto venía con las flores –le dijo su madre.

Abby tomó la tarjeta y, al leer el mensaje, se mordió el labio inferior.

Te quiero. Max.

–¿Te sientes mejor ahora? –preguntó Isabel cuando Abby le pasó la tarjeta.

–No mucho. Marcus insinuó que yo seguía tentán-

dolo, y Max tiene un problema con eso. Estoy empe-
zando a pensar que yo fui quien provocó a Marcus y
que en realidad todo fue culpa mía.

–Eso no tiene sentido –le dijo su madre acalorada-
mente–. Siempre creíste que Rachel era la más guapa
de las dos y nunca veías tu propio atractivo. Además,
aunque se sintiera tentado por ti, él tenía que haberse
controlado –sus ojos llameaban–. Lo habría matado
con mis propias manos.

–Yo también. Y Laura –Abby sonrió–. Domenico
quería pegarle y Max me dijo lo mismo anoche, así
que Marcus tiene suerte de estar aún de una pieza –dio
un salto al oír el teléfono–. Contesta tú. Si es Max, dile
que he salido.

–No, ni siquiera por ti mentiría –Isabel corrió a la
cocina sacudiendo la cabeza–. Hola, Lewis.

Abby fue a bañarse, cenó y trató de concentrarse en
la tele, pero como Isabel recibió un par de llamadas de
amigos, no lo consiguió.

–Estás muy nerviosa –dijo su madre–. Si no quieres
hablar con Max, ¿por qué saltas cada vez que suena el
teléfono? Además –añadió–, ¿no te llamará al móvil?

–Sí, claro. Lo siento.

Isabel suspiró.

–¿Por qué no lo llamas y le das las gracias por las
flores? Después, intenta dormir un poco.

–Supongo que tienes razón –Abby se sentía culpable–. ¿Lewis te ha invitado a salir? ¿Le has dicho que
no por mí?

–Sí a las dos preguntas. Pero no te preocupes, lo
veré mañana por la noche –Isabel sonrió y besó a su
hija–. Buenas noches, cariño.

Abby estuvo un rato sentada en la cama hasta poder
reunir fuerzas para llamar a Max.

–Soy Abby –dijo cuando saltó el contestador–. Gracias por las flores. Recuerdos a David. Adiós.

Pasó una hora antes de que sonara el teléfono.

–¿Abby? –dijo Max–. Acabamos de llegar. El tren de mi padre ha llegado con retraso.

–¿Qué tal está?

–Cansado y hambriento, pero bien. ¿Y tú?

–Yo también estoy bien.

–Abby, sobre la comida de mañana...

–Discúlpame ante David, pero creo que eso ya no tiene mucho sentido.

–Ya veo –dijo después de un silencio que le puso a Abby los nervios de punta–. Quedará muy decepcionado. Estaba deseando volver a verte.

–Como te decía en el mensaje, dale recuerdos de mi parte.

–¿En serio vas a dejar que esto se interponga entre nosotros, Abby?

Algo en su tono de voz la irritó profundamente.

–¿A qué te refieres con «esto»? ¿A que tentara a un hombre para que me violara? ¿A que me quedara embarazada por la violación? ¿A que te ocultara todo lo anterior? ¿O todo en general?

–¿Te sientes mejor ahora? –preguntó él, con voz áspera–. Porque yo no.

– Ése era el objetivo –le espetó, y colgó, contenta de haber dicho la última palabra.

Estaba llorando sobre la almohada cuando su madre abrió la puerta.

–He hablado con Max.

–Lo sé. Acaba de llamarme –dijo Isabel.

–No quiero hablar con él –dijo Abby con fiereza, y se sonó la nariz.

–No espera que lo hagas. Max me ha dicho que has

apagado el teléfono, pero quería asegurarse de que estás bien. Yo sabía que no lo estarías, pero aquí estoy de todos modos –Isabel le acariciaba el pelo y se lo apartaba de la cara mojada de lágrimas–. Tenía una voz tristísima.

–Bien.

–Estás decidida a hacerlo sufrir, entonces.

–Sí.

–Me da pena el padre de Max. No será un feliz fin de semana para él.

–Yo también lo siento por él, pero no por Max.

Isabel se sentó en el borde de la cama y miró a su hija a los ojos.

–Escucha, cariño; Max no puede retirar lo que dijo, así que tú puedes convertirlo en un error inmenso o dejarlo atrás y casarte con él, que es lo que tienes que hacer. Él es mortal. No te gustaría estar casada con un santo. Probablemente no sirviera para nada en la cama.

–¡Mamá!

Abby estaba despierta cuando Isabel entró en su habitación con una bandeja a la mañana siguiente.

–Tómate el desayuno.

–Sí, señora –respondió Abby, incorporándose.

–No tienes mal aspecto, teniendo en cuenta cómo están las cosas –dijo Isabel después de observarla–. Hace muy bueno, así que, después de desayunar y de ducharte, nos iremos a dar un paseo.

–Buena idea.

Cuando Abby llegó abajo en vaqueros y con un jersey blanco que no se había puesto desde el año anterior, oyó voces en la cocina. Pensó que sería Lewis y no quiso interrumpir, así que, tosió varias veces antes de abrir la puerta de la cocina. Al ver a David Wingate, su cara se iluminó espontáneamente, dejó la bandeja que llevaba en las manos sobre la mesa y corrió hacia los brazos abiertos del hombre como si fuera lo más normal del mundo. Él la abrazó y la besó en la mejilla antes de mirarla a la cara.

–Hola, Abby. Isabel y yo estábamos charlando y tomando un café excelente. ¿Cómo estás?

–He estado mejor –admitió ella, sonriendo–. Pero hoy me han dejado desayunar en la cama.

–Darse un capricho de vez en cuando no es malo –dijo Isabel.

–Como ya habrás imaginado –dijo David cuando Abby se sentó a su lado–, he venido como emisario de Max, que se siente tan desvalido, que me ha pedido ayuda. Como sabrás, ha tenido últimamente muchas emociones. ¿Le has contado a Isabel la declaración de Luisa?

–No –Abby miró a su madre como disculpándose–. Me parecía demasiado privado.

–Entonces yo se lo contaré –David le contó la historia de la declaración de con todo detalle–. Para mí es indiferente quién sea el padre biológico de Max. Fue mío en el mismo momento en que lo vi. Dejé a mi mujer que se marchara cuando ésta se reencontró con Enzo, pero me quedé con mi hijo.

–Max dijo que las palabras de Luisa no habían cambiado nada para él tampoco –dijo Abby–. Para él, tú eres su padre, y eso es todo. ¿Está bien ahora que habéis solucionado lo vuestro?

–Abby –dijo David, mirándola fijamente–. No creo que Max vuelva a estar bien sin ti.

Ella se mordió el labio inferior.

–Pero me ha hecho daño.

–Lo sé, pero él quiere arreglarlo. ¿Vas a dejarlo?

–¿Dónde está él ahora? –preguntó Isabel.

–En casa, en Pennington. –David parecía esperanzado– ¿Tienes alguna sugerencia?

–Sí. Abby, creo que debes ir a hablar con él. Y si no se puede arreglar, vuelve y sigue con tu vida –Isabel le sonrió con cariño–. No te irá mal, ya lo has hecho antes.

–Hazlo por mí, si no lo haces por Max – dijo David, tomándola de la mano.

–En ese caso, no puedo decir que no –susurró ella, y se levantó–. Tal vez sea mejor que le llame.

–No –declaró Isabel, decidida–. Ve y dale una sorpresa. Llévate el Mini, si quieres.

–No, me llevaré la furgoneta.

–Buena chica –aprobó David–. Si todo va bien, llámanos e iremos a Chesterton a comer tal y como lo planeó Max.

–En el peor de los casos, vuelve aquí y haré comida para nosotros tres –replicó Isabel, tan práctica como siempre.

Cuando aparcó frente a Chester Gardens, Abby empezaba a arrepentirse de todo aquello.

Tomó aliento antes de llamar a la puerta, pero cuando él la vio, quedó como transfigurado, con los ojos brillantes de alegría.

–Has venido –le dijo él, en un susurro, después de haberla hecho pasar–. No creí que lo hicieras.

–Mi madre y tu padre son un equipo muy fuerte –repuso ella, encogiéndose de hombros–. Creen que debemos hablar.

–Tienen razón, pero antes, tengo algo que decirte –se detuvo un segundo–. Te quiero, Abby.

–Eso es algo muy importante –concedió ella.

—¿Y tú a mí? Eso también es importante.

No tenía sentido mentir.

—Sí —admitió con cierto reparo.

—Gracias a Dios —dijo él, suspirando aliviado.

—Pero me lo pensé seriamente cuando le concediste a Marcus Kent el beneficio de la duda —repuso ella, con rabia.

Max la tomó de la mano y la llevó al salón.

—Quería romperle el alma, no darle el beneficio de la duda. Podía imaginarme el efecto que tuviste sobre él. Pareces no darte cuenta de tu atractivo, Abigail Green. Está claro que Kent te encontraba irresistible, y sabía que te gustaba, pero él fue el único culpable, Abby, y probablemente aún se siente culpable cada vez que te ve.

—¿Entonces por qué intentó estropear lo nuestro?

—Porque aún te desea, Abby —Max la llevó al sofá—. Abby, esto será lo último que diga sobre el tema. Tal vez Kent te quisiera, pero no puede tenerte. Eres mía.

—¿Por qué no dijiste antes todo eso? —preguntó ella.

—Lo intenté, pero me diste con la puerta en las narices.

—¿Qué esperabas después de herirme de ese modo?

—No quise hacerte daño. Nunca volveré a hacerlo.

—Eso no puedes prometérmelo.

—Prometo intentarlo —Max la agarró por los hombros y la sacudió con delicadeza—. Pero no me vuelvas a decir que me pierda.

—No lo haré —Abby sonrió—. En el momento me provocó una gran satisfacción, pero después lloré hasta quedarme sin lágrimas —lo miró retadora—. Me hiciste daño, así que... ¿no deberías besarme para compensarme?

—Dios, claro que sí —dijo él, con interés, y la tomó

sobre su regazo, besándola hambriento–. Abby, te deseo mucho, pero no sólo para esto...

Ella respondió con tanto ardor, que la temperatura fue subiendo hasta que Max empezó a desvestirla, con cierta torpeza, pues no quería dejar de besarla para acelerar el proceso. Por fin, él quedó desnudo sobre los cojines hasta que ella lo atrajo a sus brazos y lo rodeó con sus piernas uniéndose en una apasionada reconciliación.

Después de un largo y satisfactorio intervalo de estar abrazados, Abby se sentó de un salto al mirar el reloj.

–¿Es tan tarde de verdad? Tengo que llamar a mamá y decirle que al final sí vamos a comer.

–¡Dile que te traiga tu anillo!

Max no dejó de abrazar a Abby mientras ella hablaba con su madre, acariciándole la espalda desnuda. Ella, mientras, tranquilizó a sus respectivos padres, aunque con cierta incoherencia.

–Bien –dijo Max cuando ella colgó–. Papá conduce muy despacio, así que tenemos media hora para ponernos presentables antes de que lleguen.

–David me dijo que habéis arreglado el asunto de la paternidad –dijo ella, mientras se vestía.

–Los dos llegamos al acuerdo de que no importaba. Él lleva treinta y cinco años siendo mi padre, y a los dos nos parece bien como están las cosas –Max le pasó un zapato–. Ahora que te tengo a ti, papá está aún más contento. Dime que te tengo, Abby.

–Claro que sí –sonrió ella–. Me tienes y no te puedes librar de mí.

–Perfecto –rió él.

Para gran satisfacción del coronel, la boda Wingate/Green fue un éxito, y eso siempre suponía buena publicidad para Millwood House. La novia llevó un vestido de terciopelo color marfil de estilo medieval, y su padrino fue su orgulloso cuñado, Domenico Chiesa. La siguió hasta el altar su sobrina Isabella, un ángel rubio más bonito que los de Boticelli, vestida de organza.

–No hay muchas novias que tengan la competencia que yo tuve ayer –le decía Abigail Wingate a su marido mientras ascendían por la serpenteante carretera de su refugio–. Mi madre y Laura estaban muy guapas, pero cuando tu padre entró con tu madre y Renata, la gente contuvo el aliento, según Rachel.

–No me di cuenta. Una vez que apareciste, sólo tuve ojos para ti –le aseguró Max, y Abby rió–. Parecías recién salida de un tapiz medieval, como la reina Ginebra. Si se parecía a ti algo, ese rey Arturo fue un hombre con suerte.

–Hasta que llegó Lancelot, pero no habrá ningún Lancelot en nuestra historia.

–¿Qué excusa puso Marcus para no venir a la boda?

–Que su presencia era imprescindible en el tribunal. Nos envió un juego de copas de vino con sus mejores deseos –explicó ella–. ¿Por qué te paras aquí?

–Esa curva, querida, es el punto exacto donde nos conocimos –Max se inclinó para besarla antes de continuar.

–Teníamos que poner una placa –dijo ella, sonriendo satisfecha–. «Aquí se conocieron Abigail y Max Wingate».

–Y vivieron felices para siempre –dijo Max con decisión.

Cuando llegaron a la casa, vieron un coche conocido aparcado en el patio, y a Rosa corriendo a recibirlos en un torrente de felicitaciones que Max no tuvo que traducir. Después de una larga serie de preguntas y respuestas con Max, se despidió, besándolos a los dos.

–Te ha preguntado por Gianni, ¿verdad? –preguntó ella, yendo con Max a por el equipaje.

–Sí, y por la boda. Le dije que el servicio religioso fue precioso, y que Renata acompañó tan bien a Gianni cuando cantó el *Panis Angelicus,* que todo el mundo se emocionó –él la miró muy explícitamente cuando llegaron a la habitación principal–. Para cambiar de tema, tal vez te gustaría saber que la primera vez que te hablé de la vista desde esta habitación, te imaginé en ella, compartiendo mi cama.

Abby se sentó en el borde, mirándolo sorprendida.

–¡No podía ni imaginármelo!

–Se me da bien esconder mis sentimientos –se sentó a su lado y la rodeó con el brazo–. Al menos, se me daba bien entonces. Ahora, probablemente sea para ti un libro abierto.

–¿Quieres decir que te apetece echarte la siesta?

Él la acarició sonriente.

–Sabía que tenía un buen motivo para casarme contigo, cariño. Me comprendes tan bien...

–Bien –dijo, y fue hacia la puerta, riendo al ver su cara de sorpresa–. Tú duerme un poco mientras yo preparo la cena. Porque una vez que me meta en la cama, probablemente no consigas sacarme de ella hasta mañana. Y ahora mismo estoy...

–Hambrienta –dijo él, riendo y rodeándola con el brazo para bajar las escaleras–. De acuerdo, tú ganas, pero ten piedad de mí, mujer. Busquemos algo que no haya que cocinar.

Mientras tomaban un poco de sopa, ensalada, pan y unas porciones de tarta de almendras que Rosa había hecho para ellos, hablaron de la boda. Abby la describió con la palabra que había tomado prestada a su esposo: «perfecta»

—Gianni y Renata vuelven mañana, pero ¿cuánto tiempo crees que se quedará Luisa con David?

—Unos días, por lo menos. Quería ir de compras por Londres antes de volver.

—Luisa parecía muy cómoda con David. ¿Crees que volverán a estar juntos?

—No creo que se vuelvan a casar. Luisa aún está de luto por Enzo, pero creo que papá y ella se verán más de ahora en adelante. Lo ha invitado a visitarla en Venecia.

—Bien. Y podrá visitar a Laura, de paso. Pareció encantado con mi hermana.

—No es raro —sonrió Max—. Domenico parecía el hombre más feliz del mundo llevándote al altar.

—Y Marco se comportó tan bien... No lloró nada.

Max se puso en pie de repente, con mirada decidida.

—Abigail Wingate, ya está bien. Si quieres seguir hablando, podemos hacerlo en la cama.

—Oh, sí, mi señor —respondió ella, con burlona docilidad, y sonrió al tomar su mano.

—Sigue así y serás la esposa perfecta.

Cuando estuvieron juntos en la cama, Max la atrajo junto a él y suspiró aliviado.

—Por fin. He estado deseando esto todo el día. Con tenerte entre mis brazos me sobra todo lo demás. Aunque no creo que dure mucho rato así.

Abby se acercó más a él.

—¿Crees que hacer el amor será distinto, ahora que estamos casados?

—¡Anoche fue bastante espectacular!

—Normal, era nuestra noche de bodas. Ahora somos

una pareja de casados, y tal vez las cosas sean distintas.

Max rió y la besó mientras sus manos empezaban una deliciosa exploración que le provocó temblores de placer a Abby.

–Ahora que te has librado de tu problema, te garantizo que las cosas irán a mejor. Y si no, tenemos el resto de nuestras vidas para practicar hasta que sea...

–Perfecto.

Un rato después, cuando estaban casi dormidos uno en brazos del otro, Abby levantó la cabeza.

–Tengo una idea.

–Dime que no implica salir de la cama –gruñó él.

–Despierta y escúchame. ¿Qué te parece si invitamos a todo el mundo a nuestra casa a comer el día de Navidad?

Él encendió la luz y miró su rostro sonrojado.

–Acabamos de probar un aperitivo del paraíso que nos espera juntos, a pesar de ser una pareja de casados, ¿y sólo puedes pensar en comida?

Abby le dio un puñetazo cariñoso en el hombro.

–En serio. ¿No te parece que sería estupendo tener a toda la familia junta en nuestras primeras Navidades juntos? ¿Podemos?

Él le acarició la mejilla.

–¿Cómo puedo negarte algo cuando has dicho algo tan importante?

–¿El qué? ¿Qué he dicho?

–«Nuestra casa». Eso significa que te sientes bien aquí.

–Claro que sí. Mi lugar está a tu lado.

Max suspiró y la abrazó con fuerza.

–Te quiero, Abby.

–Yo también –ella se acercó más a él–. ¿Max?

–Dime, cariño.

–Creo que aún no le pillado el truco a esto... debe ser que necesito más práctica.

Él echó a reír, la besó y le pasó una mano por la espalda.

–¿Quieres practicar un poco más?

–Si a ti no te importa...

–No me importa en absoluto –le aseguró él con voz algo temblorosa, pues ella cada vez era más experta en caricias.

–¿Qué te parece la idea?

–Perfecta.

Bianca®

Aquella proposición le permitiría hacerla suya para siempre...

Después de haber sufrido tanto con el amor en el pasado, Fleur Stewart creía que no le costaría ningún trabajo mantenerse alejada del millonario español Antonio Rochas. Pero Antonio era un hombre por el que las mujeres se sentían atraídas como las polillas a la luz. Un hombre que no tenía la menor intención de dejarla escapar.

A Antonio le gustaban las relaciones sin compromisos, pero la atracción que había entre Fleur y él era tan intensa, que resultaba imposible no dejarse llevar... Especialmente estando ambos bajo el mismo techo. Muy pronto Antonio se dio cuenta de que quería más y, de un modo u otro, conseguiría tenerla para siempre.

Matrimonio por amor

Kim Lawrence

Acepte 2 de nuestras mejores novelas de amor GRATIS

¡Y reciba un regalo sorpresa!

Oferta especial de tiempo limitado

Rellene el cupón y envíelo a
Harlequin Reader Service®
3010 Walden Ave.
P.O. Box 1867
Buffalo, N.Y. 14240-1867

¡Si! Por favor, envíenme 2 novelas de amor de Harlequin (1 Bianca® y 1 Deseo®) gratis, más el regalo sorpresa. Luego remítanme 4 novelas nuevas todos los meses, las cuales recibiré mucho antes de que aparezcan en librerías, y factúrenme al bajo precio de $3,24 cada una, más $0,25 por envío e impuesto de ventas, si corresponde*. Este es el precio total, y es un ahorro de casi el 20% sobre el precio de portada. !Una oferta excelente! Entiendo que el hecho de aceptar estos libros y el regalo no me obliga en forma alguna a la compra de libros adicionales. Y también que puedo devolver cualquier envío y cancelar en cualquier momento. Aún si decido no comprar ningún otro libro de Harlequin, los 2 libros gratis y el regalo sorpresa son míos para siempre.

416 LBN DU7N

Nombre y apellido	(Por favor, letra de molde)	
Dirección	Apartamento No.	
Ciudad	Estado	Zona postal

Esta oferta se limita a un pedido por hogar y no está disponible para los subscriptores actuales de Deseo® y Bianca®.
*Los términos y precios quedan sujetos a cambios sin aviso previo.
Impuestos de ventas aplican en N.Y.

SPN-03   ©2003 Harlequin Enterprises Limited

Emociones escondidas

Nicola Marsh

¡Se busca padre para trabajar a tiempo completo!

Riley Bourke era un ejecutivo soltero y muy ocupado… un hombre que no sabía absolutamente nada de niños. Pero desde el principio supo que debía cuidar de Maya y de su pequeño.

Maya Edison sabía muy bien cómo arreglárselas sola, no necesitaba que ningún hombre la llevara de la mano… o hiciera de padre para su hijo. Pero Riley estaba consiguiendo hacerse un hueco en sus corazones.

Así que Maya decidió darle un ultimátum: o formaba parte de sus vidas de verdad… o salía de ellas definitivamente. Parecía que Riley estaba a punto de descubrir lo que se sentía teniendo una familia…

Deseo®

Un desafío imposible

Katherine Garbera

De todos los hombres del mundo por los que la directora de televisión Raine Montgomery podría haberse sentido atraída, había tenido que elegir precisamente a Scott Rivers. Además de ser jugador profesional, Raine sospechaba que Scott había apostado a que conseguía acostarse con ella antes de que acabaran de grabar la partida de póquer. Pero nadie, ni siquiera el rico y sexy Scott, conseguiría vencer a Raine, por muy buenas cartas que llevara.

Así que Raine decidió crear un nuevo juego y fingir que se había enamorado de Scott; se rendiría al poder de sus besos... Pero el encanto de lo prohibido resultó ser irresistible...

**¿Estaba a punto de perder la partida
más arriesgada de su vida?**